启真馆 出品

E. M. Cioran

La tentation

d'exister

生存的诱惑

〔法〕E. M. 齐奥朗 著　王振 译

浙江大学出版社
ZHEJIANG UNIVERSITY PRESS
· 杭州 ·

图书在版编目（CIP）数据

生存的诱惑 /（法）E. M. 齐奥朗著；王振译 . —杭州：浙江大学出版社，2022.11

ISBN 978-7-308-22781-0

Ⅰ.①生… Ⅱ.① E… ②王… Ⅲ.①随笔－作品集－法国－现代 Ⅳ.① I565.65

中国版本图书馆 CIP 数据核字（2022）第 111611 号

生存的诱惑

[法] E. M. 齐奥朗　著　王　振　译

责任编辑	王志毅
文字编辑	孔维胜
责任校对	黄梦瑶
装帧设计	周伟伟
出版发行	浙江大学出版社
	（杭州天目山路 148 号 邮政编码 310007）
	（网址：http://www.zjupress.com）
制　作	北京大有艺彩图文设计有限公司
印　刷	北京中科印刷有限公司
开　本	880mm×1230mm　1/32
印　张	9.25
字　数	122 千
版 印 次	2022 年 11 月第 1 版　2022 年 11 月第 1 次印刷
书　号	ISBN 978-7-308-22781-0
定　价	52.00 元

目 录

反对自我的思想

我们所有的发明几乎都归功于我们的暴力，我们不稳定的加剧。即便上帝，祂令人好奇，我们领悟祂，也不是在自我的最深处，而是在狂热的外限处，正是在那里，我们的愤怒，在面对祂时，产生一次冲撞，既毁灭祂，也毁灭我们的一次相遇。诅咒随行，令人发疯，暴力者本性上是一个侵略者，怒不可遏就会故态复萌，听凭自己的冒险心，因此惩罚他们就是煽动他们。每一部作品都会和它的作者反目成仇：诗歌会让诗人郁郁寡欢，哲学会让哲人精神崩溃，事件会让活动家身败名裂。任何回应感召的人、履行天职的人、在历史之内奋斗的人，必自取灭亡。唯有放弃全部天赋才干，方可自保。唯有摆脱人性，方能慵懒地躺在存在之中。如果我有志于一种形而上学的职业，我将无法保留我的个性，即便不惜一切：我所剩余的，无论是什么，我都会将其清除；相反，如果我肩负一个历史使命，我会责无旁贷地激增我的才智，直至和它们同归于尽。人总是毁于人所假定的自我：承担一个名字就是宣告一种确切的死亡方式。

暴力者，忠于其表，败而不馁，虽能重整旗鼓，但刚愎自用。为何他会猛烈地毁灭他人？那是为了迂回地毁灭自己。在他的自信下，在他的夸夸其谈下，他所隐藏的是一种幸灾乐祸。因此暴力者的敌人就是他们自己。我们都是暴力者——愤怒之人，我们丢失了保持清静的关键，只能去往撕心的秘境。

为了不让时间消磨我们，最好的办法是超越它，将我们的瞬间加入它的瞬间。此新的时间是对旧时间的移花接木，此时间虽精心策划，但不久会露出它的阴毒：此客体化的时间，将成为历史，成为一头我们召唤出的反对我们自己的怪兽，一场我们无法逃避的命运，即便求消极药，问智慧方。

我们将尝试一种无效的治疗；沉思那些道家老祖，沉思他们的弃世之道、放任之道，沉思"不在"

的至高之道；如他们一般，去追随这种意识过程，当它停止与世界争斗，并像他们所钟爱的元素水那样与万物交融时——我们则永远达不到这样的境界。他们既鄙斥我们的好奇心，也鄙斥我们的痛苦欲望，这是他们有别于神秘主义者，尤其是中世纪的神秘主义者的地方，后者善于向我们推荐刚毛衬衣、铁刺皮鞭、失眠、饥肠、呻吟，并视之为美德。

"强梁不道"，老子教诲道，如果真的存在老子这么个普通人的话。但我们都是自笞者的后裔，借由精炼自己的肉体痛苦，我们获得了"自我"意识。宗教日薄西山了？我们使它的谬行永垂不朽，因为我们念念不忘它的苦行及斗室中的哀鸣，我们的受难意志与全盛时期僧侣们的旗鼓相当。或许教会不再享有地狱的专利权，但它已让我们叹息连连，膜拜神意，摧毁欢乐，狂喜绝望，不能自拔。

精神、肉体同样，都将为"强"付出代价。尼采、波德莱尔、陀思妥耶夫斯基，这些技艺精湛、反对自我的思想大师都曾教导我们要将希望寄托于我们的危难，要拓宽我们疾病的范围，要用划分我们的生命来获得存在。在伟大的中国人看来，那些都是衰败的象征、瑕疵的练习；对我们来说，那些构成了我们掌握自己、接触自己的唯一方式。

"人无情，则无伤。"（庄子的观点）箴言，总是深刻的，也总是无用的。冷漠至极，如何达到？当我们麻木不仁时，是紧张，是冲突，是攻击？我们的祖先中没有圣人，有的是满腹牢骚之人、游戏人间之徒、狂热盲目之辈，他们令人失望，放纵无度，我们将步其后尘。

据中国人的说法，唯有超然的精神，才能领悟"道"的本质；狂热之人，只能感受到"道"的作用：潜入深奥需要寂静，中断思考平息激动。显然，我们表达我们所渴望的绝对之物，以行动的方式，以斗争的方式。克尔凯郭尔自称为"信仰的骑士"，而帕斯卡不过是一个小册子作家，难道不是吗？我们抨击，我们争论：我们只能了解"道"的作用。此外，相当于欧洲道教的寂静主义的失败，道出了我们的可能性及我们的前途。

我尚在见习消极，对于反对我们的习俗，我一无所知。（现代始于两位癔病患者：堂吉诃德与路德。）如果我们制作时间，生产时间，一定是因为我们厌恶受本质的支配，屈服于时间所假定的沉思。道家学说，在我看来，由始至终，都是智慧之言：但我抗拒它，本能地拒绝它，因为它拒绝**忍受**任何事物，换而言之，我们受不了它的叛逆基因。这难道不是我们的病症？数百个世纪关注时间，由此生成偶像崇拜。中国、印度有何灵丹妙药能治愈我们？

即便存在某种智慧形式、解救之道，我们也不可能理解它的内在，不可能将其转化为我们的日常物质，不可能草创出一种理论。解救——如果我们坚持的话——必然出自我们自身：求之于他处，求之于现成体系，或求之于某东方学说，都无济于事。然而，正如我们所言，多数灵魂时常渴望一种绝对的解救。但这样的智慧是伪造的，这样的解救是骗局。我所要指控的不只是神智学及它的信众，而是所有那些利用真理的人，他们所利用的真理与他们的本性格格不入。如此之人，不一而足：他们的印度是速溶的。他们臆想自己探明了印度的堂奥，他们没有任何准备，没有个性，没有素养，没有焦虑。冒牌"拯救者"层出不穷，他们站在救赎的巅峰俯视我们！他们神志清晰：他们不想将自己置于自己的行动之上？这是让人无法容忍的欺骗。此外，他们志向高大，以至于任何传统宗教，在他们看来，都是一种门户之见，满足不了他们的"形而上精神"。他们求救于印度，这么做无疑更好。但他们忘了，在印度，理念和行动是一致的，救赎与放弃是同一的。当人具有一种"形而上精神"时，这种琐事几乎无人关心。

坑蒙拐骗遭遇许多，凝视乞丐令人欣慰。乞丐，至少既不欺人，也不自欺：如有一，就说一；如厌恶工作，就身体力行；向往一无所有，就培养贫穷，创造自由的条件。这是他的主义。他的思想化入他的生存，他的生存化入他的思想。他一无所有，他就是他自己，他忍耐着：日复一日、勉强糊口的生活等同于永恒。因此在他看来，其他人都是幻觉的囚徒。如果乞丐想依附其他人，他会研究他们，作为他的报复，他擅长掌控"高尚"情操的弱点。他的懒惰，弥足珍贵，事实上，他是一名"拯救者"，误入了傻瓜笨蛋的世界。至于放弃这件事，比起你所读过的任何神秘主义著作，他所知的更多。你只需要走到街上……就会相信我说的话，但你宁可信书，定不下问。你的沉思不会产生任何结果，因此不必惊讶，最微末的流浪汉也比你有价值。我们设想一下，佛祖会既忠于他的真理，也忠于他的宫殿吗？一个无法自由生活的人，他仍旧是一个物主。我反对谎言遍地，反对他们展示"救赎"，反对他们为此著书立说，因为那并非出自他们的肺腑。撕下他们的面具，打落自抬身价的他们，抓住他们，奚落一番——这是一场无人能无动于衷的战役。因为我们必须不惜一切阻挡那些意识太清醒的人，这种意识源自平静中的生与死。

当你用"绝对"来抵抗我们时，你故作深沉，难以接近，仿佛挣扎在一个遥远的世界里，挣扎在光明与黑暗中，它们都属于你，仿佛你是一国之主，你的身外物都不得入内。你授予我们这些其他的凡人一些伟大发明的残骸，一些你所发现的遗迹。但你所有的辛劳只是让你脱口而出贫乏的词语，这就是你的阅读成果，学识浅薄、纸上谈兵、掉掉书袋、无病呻吟。

绝对，我们所有的努力说到底就是去侵蚀那引向绝对的感觉。我们的智慧（不如说我们的莽撞）离弃绝对；相对的智慧，让我们寻求一种平衡，不是在永恒中，而是在时间中。**演化中的绝对**，黑格尔的异端邪说，已成我们的教条、正统的悲剧、**条件反射式的哲学**。任何自认为能躲开它的人，要么是夸口，要么是盲目。迫于表象，我们再度拥护一种不全的智慧，半梦半痴的智慧。如果印度再度引用黑格尔，代表"无限精神之梦"，那么我们智力的褶皱，如同我们感觉的褶皱，会迫使我们构想一种**肉身的**精神，这种精神为历史的进程所限，这样一种极简单的精神，它所拥抱的并非世界，而是世界的**瞬间**，支离破碎的时间，我们唯有四分五裂，唯有背叛我们的表象，才能逃离它。

意识的范围在行动中不断缩小，没有一种行动能自称为普遍，因为行动就是用牺牲存在来紧扣存在之属性，紧扣一种实际形式就是紧扣一种实际伤害。我们解放自己多少，我们的自由就有多少，正如我们能够将任何客体变成非客体。但谈论一种仓促人性的自由是无意义的，此种人性无疑忘了我们既无法重新征服人生，也无法在有生之年里狂欢作乐，除非我们先废除生活。

我们的呼吸太急促，无法理解他们的身内之物，或是暴露他们的脆弱。我们的喘息假定他们，扭曲他们，创造他们，毁损他们，将我们和他们绑定。我激励自己，我表达一个世界，我所表达的世界与我为之辩解的思辨同样可疑。我支持运动，所以我变成了一台存在的生成器，变成了一名虚构匠（artisan de fictions）。我的宇宙起源说，令我头脑发昏，令行动的狂风席卷我，令我忘了我不过是时间的一名仆从，老朽宇宙的一个代理。

我们被感觉及感觉的必然结果填满，由此成为我们，因为倾向及原则，我们成了"囚徒"，我们的选择审判我们，可见的狂热攻击我们，我们在肤浅的密语中搜罗，疲惫且惶恐。

如果我们想要重获自由，必须摆脱感觉的包袱，不再用我们的感觉回应这个世界，打破我们的盟约。所有的感觉都是一种盟约，快乐有多少，痛苦就有多少，欢乐有多少，悲惨就有多少。唯一获得自由的精神，与存在，或与物体完全无关，它只表现它的空虚。

抗拒幸运，多数人做到了；厄运，则截然不同，它是潜伏的。莫非你从未尝过厄运的滋味？厄运永不会让你腻味，你会贪得无厌地追逐它、设想它，如果失去它，你所看到的一切都是无用的、灰暗的。无论它在何处，它都会排出神秘，呈上光明。事物的风味与关键，偶然与执念，随性与必须，厄运会让你钟情表象，因为厄运中的一切都是最强有力的、最持久的、最真实的，你将同它永不分离，因为"强"，在本质上，如同所有的"强度"，是奴役，是臣服。灵魂，冷漠空虚，灵魂，无拘无束——如何能将灵魂提升到那样呢？如何才能征服"不在"，征服"不在"的自由？此种自由永不会列入我们的道德，不过是"无限精神之梦"。

人若想用一种异国学说来认清自己，必须无限制地接纳这一学说：赞同佛教的真理，但拒绝作为"弃"之理念基础的"轮回"，这么做有什么意思呢？精神上赞同吠陀，接受万物的非真实，行动上仿佛万物存在，这么做有什么意思呢？对于任何精神来说，现象崇拜会产生一种无可避免的前后不一。然而，必须承认，**现象**流淌在我们的血液中。我们可以轻蔑现象，憎恨现象，但它是我们的遗产，我们装腔作势的资本，人世间我们痉挛发作的象征。一个抽搐的种族，位于一场宇宙闹剧的中心，我们将历史的污点烙印在了宇宙上，但永远得不到能令我们平静的启示。由于我们的工作，而非我们的沉默，我们选择绝迹：我们的未来可以在我们的痴笑中读到，可以在忙碌先知们鼻青脸肿的脸上读到。佛陀的微笑，那弥漫世界的微笑，说明不了我们的面容。至少，我们设想幸福；但我们从不幸福，文明社会的至高权力基于救赎的理念，基于拒绝品尝人之苦难，拒绝在苦难中狂欢；但，那些挥霍苦难的人，受虐传统的子孙，我们中的哪些人将会在贝拿勒斯说教[1]与波德莱尔的自我折磨[2]间犹豫不决？"我既是伤口，也是匕首"——那就是我们的绝对，我们的永恒。

至于救主们，为了治愈我们的重伤，来到我们中间，他们的希望有害，他们的治疗有毒，但我们热爱他们，他们越渴望赞美，我们越发病重，他们生机勃勃的话语中注满毒液。我们应当感激他们在一场没有出路的苦难中兢兢业业。清醒所引向的是何等的诱惑，何等的极端！我们现在就该抛弃清醒，在无意识

---

[1] 贝拿勒斯，今名瓦拉纳西（Vārānasi），为印度的一座圣城。相传佛陀释迦牟尼曾在此地附近讲道。——编注
[2] 原文为 l'Héautontimoroumenos，即波德莱尔的诗《自惩者》（译名取自郭宏安）。下句引文"我既是伤口，也是匕首"亦出自该诗。——编注

中避难，难道不是吗？遁入梦乡，方能脱险，在梦中人人都是天才：诗人与屠夫别无二致。但我们的慧根既受不了应当忍受的奇迹，也受不了应当由每个人的领悟所带来的灵感。我们赦免黑夜，然白昼掠去了这份献礼。唯有疯人有权安然，从黑夜到白日：他们是梦是醒，没有区别。疯人抛弃理性，正如乞丐抛弃财物。他们发现了超越痛苦之路、解决病痛之道；他们留下了我们所无法效仿的榜样，他们是没有信徒的救世主。

即便我们深刻反思我们的弊病，其他人对我们的苛求也不会减少。在传记盛行的时代，没有人会包扎自己的伤口，除非我们想揭开它们，让它们暴露于光天化日之下；如果我们不成，我们会转移方向，感到失望。即便那个死在十字架上的人——在我们眼中，他仍旧是有价值的，并非因为他为我们而受难，而是因为他的痛苦，他的数声哀叹，是深刻的，也是免费的。我们敬畏上帝，因为我们美中不足。

注定衰败的智慧形式染上时间病，与此病抗争，既令我们灰心，也在诱惑我们。但与时间搏斗时，组成我们的元素将我们汇合成叛逆者，在一种与历史毫无关系的神秘召唤及一种作为历史象征及历史神光的嗜血梦之间踌躇不决。如果我们拥有一个属于我们的世界，它是虔诚的，或是嘲讽的，毫不重要！世界永远不会属于我们，我们的存在位于祈求与讽刺的交汇点上一个肮脏的区域，叹息与挑拨在那里苟合。太清醒的人不会去崇拜，也不会去破坏，或者唯有他的……叛逆，才会去破坏；叛逆的用处，难道仅仅是为了发现一个完璧的世界？嘲弄人的独白。我们反对正义和非义，反对和平与战争，反对同类和诸神。回头想想，最糟的老糊涂可能都比普罗米修斯更聪明。然而我们无法遏制一种自我中的起义呼声，继续怒骂万物与虚无：一种可悲的机械行为，恰好用来说明为何我们都是统计学的路西法。

迷信行动，令人中毒，我们相信我们的理念必将实现。有什么会比消极思考世界更对立？但此正是我们的宿命：成为久病不治的时评作者，在简陋的小床上**抨击**时弊。

我们的学识，如同我们的阅历，将使我们瘫痪，一旦暴政象征着一种恒定，我们就能宽容它。我们都是十足的有识之士，受引诱而缴械；然而，造反的天性战胜了我们的怀疑；或许我们能够成为老练的斯多葛主义者，但在我们心里，无政府主义者高度戒备，反对我们的忍耐顺从。

"我们永不接受历史"：在我看来，这句格言说明了我们既无法成为真圣徒，也无法成为真疯子。我们不过是蹩脚的演员，拙劣地表演智慧和疯癫，难道不是吗？无论我们做什么，一旦行动，就必然服从于一种深刻的伪真诚。

从所有证据来看，信徒根据他所作出的及他所信仰的某种观点来认识自己；他的清醒，他的思想和行动，两者间的差距可忽略不计。在伪信徒那里，此差距极大，伪信徒卖弄信念而非持守它。他所信仰的是一个替代物。坦率地说：我的叛逆是一种信仰，对于信仰，我不相信，就不认同。我不认同我的叛逆。我们从未深思过科里洛夫对于斯塔夫罗金的评价："当他信时，他不信他信，当他不信时，他不信他不信。"

甚于风格，生命的节奏更多地基于叛逆的**荣誉**。厌恶承认普遍同一，我们假定个性，将异质性视为一种原初现象。此刻，反叛便是假定这种异质性，将它设想为先于生命与万物的到来的某种东西。如果我利用一种必然具有欺骗性的多样性，来反对统一这个唯一的真理，换而言之，若我将**其他人**视为一个幽灵，我的叛逆将是无意义的，为了生存，这种叛逆必须从个体的不可还原性出发，必须从他们的单孢体状态出发，从有限的实体出发。每一行动，既指定多数，也恢复多数，赋予人真实与自治，默认衰败，默认绝对的解散。精神紧张源自行动，源自迷恋行动，产生它，需要**在时间的核心中**爆炸我们，毁灭我们。现代哲学，基于自我迷信，已是悲剧的发条、焦虑的支点。后悔一种状态不明的睡眠，一种无特质存在的中性梦，是没有意义的；我们选择了成为**主体**，每一个主体都是一个中断，伴随着"统一"的寂静。任何人，胆敢减弱我们的孤独或我们的痛苦，都是我们的敌人，都是在反对我们的利益，反对我们的天职。我们衡量个体的价值，依据的是他与事物的分歧，依据的是他的无法冷漠，依据的是他作为一个主体拒绝趋向客体。由此善念一落千丈，由此恶魔风行于世。

既然我们生活在优雅的恐怖分子中间，我们就要好好调整自己，将就上帝。当**他们**负责我们时，他们比我们卑劣，因为他们比我们深刻，这时我们需要换一个参照体系，换一位**导师**。恶魔是理想人选。他的一切充分说明本质上他是事件的代理者，是调节原则者：**他的属性与时间的属性一致**。让我们乞求他吧，因为，他不是我们主观的产物，不是为了亵渎神明，或为了孤独而进行的一种创造，他主宰我们的质问，我们的恐慌，唆使我们步入歧途。他的抗议，他的暴力，从不缺乏暧昧：这位"伟大的忧郁者"是一名叛逆者，他总是怀疑。如果他是单纯的，完全一致的，就完全不会触动我们；但他的悖论、他的矛盾都是我们的：他是我们的不可能性的总和，他为我们反对自己及憎恨自己提供了一个模式。莫非这就是制作地狱的配方？我们必然寻找地狱，因为叛逆感、憎恨感，因为倒错傲慢的痛苦，因为**恐怖**的渺小感，因为因"我"而生的一阵剧痛，开启了我们的末日……

所有传说，唯黄金时代令我们困惑最深：它如何能掠过我们的想象？为了揭穿它、反对它，历史**集结反对自己的人**，完成它的飞跃和形式：因此投身历史，就是学习叛逆，效法魔鬼。当我们发出时间，将它投到我们自身之外，让它成为事件，我们才会效仿恶魔，付出我们的存在。"从今往后，时间将不复存在"，此临时的形而上学者、末日之天使，宣告了魔鬼的末日、历史的终结。因此神秘主义者有理由在自身中或其他地方探索上帝，虽然此世界令他们的内心一片空白，但他们不会屈就魔鬼的叛逆。他们冲出时代：对于其他人，时间的囚徒，这是一种难得一见的疯癫。至少我们崇拜魔鬼当如他们崇拜上帝！

叛逆享受一种不当的特权，要想证明这点，只需要反思我们如何形容那些不适于叛逆的思想。我们的精神是乏味的。事实上，我们拒绝任何智慧形式，因为在智慧中我们只能看到一种变相的乏味。我的反应或许有失公正，然而道家学说不禁令我痛苦。即便清楚它以绝对的名义而非胆怯的名义推荐退让与抛弃，但就在我以为我已接受它的那一刹那，我拒绝了它；即便我不止一千次地承认老子的胜利，但我仍旧认为杀人犯更好。在宁静与血气二者间，朝向血气是**自然而然**的。叛逆必须谋杀，谋杀为叛逆加冕：不知道杀戮欲望的人才会公开宣扬颠覆性的观点，从始至终他都是墨守成规的人。

　　智慧与叛逆：两种毒药。坦率而言，它们都不适宜吸收，都不是一种救赎公式。事实上，在路西法的冒险中，我们习得了一种技巧，一个在智慧中永远不会得到的学位。对于我们，**感知**就是暴动，是中邪和中风的开始。我们的能量将流失，感知意图消耗我们的存量。永久反抗，意味着挑衅自我，挑衅权力。凝视需要耗费静止，需要在静止中聚精会神，然而我们从何处得到静止呢？让事物保持本来面目，注视世界而不要试图规范它，感知本质——具有敌意莫过于思想行为；相反，我们渴望操纵万物，折磨万物，让它们听命于我们的狂怒。情况必然如此：作为喜好装腔作势的人，喜好一掷千金的人，喜好疯疯癫癫的人，我们热爱横冲直撞、孤注一掷、以命相搏，无论在诗中，还是在哲学中。《道德经》比《地狱一季》或《看，这个人》更进一步。但老子是清醒的，不像兰波和尼采，不会建议铤而走险的人在他们自身的极限处保持紧张。唯有这样的人才能诱惑我们，他们毁灭了给自己生活以意义的欲望。

超越时间或陷入时间之人，拖延至临终的孤独，仍旧在表象中深陷之人，都是没有出路的。他们犹豫不决，病痛缠身，在时间病中苟延残喘，被未来，被无时间性（intemporel）完全吸引。如果，据埃克哈特大师的说法，存在着一种时间的"气味"，那么更有理由相信存在一种历史的"气味"。我们怎么会一直感觉不到它呢？在一个更直接的层面上，我将幻觉、无用及"文明"的腐烂分门别类；可是我感到我与这腐烂连成一体：**我是狂热的食腐者**。我怨恨我们的时代，它控制着我们，即便我们脱离了它，它仍旧像恶鬼般纠缠不休。沉思状况，反思事件，不会得到任何活物。其他时代更加快乐，精神能够自由地胡言乱语，仿佛属于永恒，仿佛从对编年的恐惧中解放了出来，精神坠入世界的瞬间，同世界合为一体。精神完全献身于它的工作，毫不担心其工作的相对性。绝妙的愚蠢一去不返，多产的兴奋，绝不会因为意识的分裂而受损！我们仍要推测无时间性，同时知道我们都**是**时间的，我们生产时间，我们仍要构想永恒这一概念，要珍惜我们的虚无；时间所展现出的可笑让我们保持叛逆，保持怀疑。

寻求痛苦，以免救赎，踏上错误的解脱之路，这就是我们的贡献：暴躁的先觉者们，敌视救赎的佛陀们、基督们，向悲惨者吹捧他们的苦难魔法。肤浅的种族，可以这么说。事实上，对天堂的恐惧是我们的始祖唯一留给我们的遗产，全部的遗产。借由命名万物，这位始祖预备了他的堕落及我们的堕落。如果我们想要补救这种堕落，必须更改世界之名，废除附在每一个表象上的标签，重新恢复世界，推倒"意义神"。同时，我们的一切，直至我们的神经细胞，都在反抗天堂。受难：获得存在感的唯一模态；存在：防止我们毁灭的独特方法。我们一向如此，而只要永恒带来的治愈未能将我们从世易与时移中解救出来，只要我们还未达到佛教所说的"一瞬，一万年"的状态，我们便会继续如此。

既然我们无法培育"绝对"，那么就向一切叛逆投降：叛逆，因反对它们自己，反对我们，而灭亡……或许，我们将重获至高权力，凌驾时间；若非如此，我们则反倒要奋力逃脱意识灾难，重返动物、植物、万物，重返原初的愚昧，这个同记忆一道，因历史的谬误而被我们遗弃。

一个气虚的文明

　　根本上属于一种文明的人无法从本质上识别侵害文明的疾病。他的诊断可忽略不计；他虽作出判断，但关注的是他自己；出于自私，他会宽恕患病的文明。

　　越少约束，越多自由，新来者审视文明，毫无心计，便更懂得它的虚弱。如果文明沉疴不起，文明需要生病，他会坦然接受，在文明身上、在自己身上观察**宿命**的作用。至于补救措施，他既不拥有，也不打算拥有。因为他明白他无法**医治**命运，在任何情况下他都无法充当医治者。他唯一的雄心壮志：保持无药可医的高傲。

　　西方国家，鉴于他们功成名就，颂扬历史或赋予历史一个意义或一个目的时，毫不费力。历史属于他们，他们是历史的代理人：因此历史必然沿着理性前行……因此历史需要庇护，天意、理性、进步，轮番上阵。他们欠缺宿命感；一旦他们最终得到，"缺席"将伺机而动，前途晦暗无光，令人惊骇。主体，一旦成为客体，将永久失去光芒，失去他们那值得称道的自大，无可挽回。如今他们清醒了，精神越依恋事件，就越愚蠢。发生**在别处**的事件就更加正常吗？我们若保持原创性，就不会向他们献祭。但我们念念不忘一种古老的霸权，我们梦寐以求一种优越的静止，只要我们仍旧在混乱之中。

法兰西、盎格鲁、日耳曼都有过扩张时期，之后**它们都疯了**。疯狂结束，守战开始。虽不再有集体东征，不再有公民，但惨淡及醒悟的个体们，仍准备着回应来自某个乌托邦的召唤，只要这一召唤来自他方，只要它得来不费功夫。如果过去，他们为了荒谬的荣耀而死，现在，他们则将自己放任于一种请求狂的狂怒。"幸福"诱惑他们，乐观主义是他们最后的偏见。他们掩耳盗铃，甘为仆役，委身荒谬或一种理性的愚蠢，一种因无能而生的荒唐。当一个国家开始年老色衰时，她将根据民众的状态定位自己的方向。就算拥有一千个拿破仑，她仍会避免危及她的休憩，或其他国家的宁日。哆哆嗦嗦的人，恐惧什么，怎样恐惧？如果所有人同等冥顽不灵，同等胆怯懦弱，他们将轻易地达成和解：懦夫持久的盟誓将驱散不安……寄希望于征战欲望的自动消失，相信衰落或相信田园牧歌，是一种普遍现象，这是一种"远见"，非常之远：乌托邦，暮年民族的老花眼。青年民族，厌恶思索摆脱圈套的办法，他们在行动中看待事物：他们的观点与他们的行事相称。牺牲舒适，从事冒险，牺牲幸福，追求效率，他们不会承认矛盾理念的合法性，不会承认二律背反立场的共存：他们想要减轻我们的焦虑，借由……恐怖者，靠打击我们来加强我们吗？他们所有的成就均来自他们的野蛮，对于他们来说，重要的不是其梦想，而是其冲动。他们不会倾向一种意识形态吗？意识形态，激剧了他们的狂怒，创造了供他们野蛮的资本，让他们保持警惕。

而老年民族采纳的某种意识形态，会麻木他们，同时给予他们局部的狂热，让他们相信自己尚有活力：一种微不足道的幻觉状态……

一个文明，若是不挑衅，就无法生存，无法显明。文明渐渐平静下去会怎样？她将灭亡。她的巅峰时刻就是她的灾难时刻，在此期间，她会滥用力量，而非节制。耗尽自己欲望的法国，集中精力浪费自己；她成功了，借助她的傲慢，借助她对侵略的热情（千年中她所发动的战争难道不比其他国家更多吗？），尽管她感到平静——甚至她的滥行都成了幸福——但不对她的实质造成损害，她无法达到至高无上。自耗：她将实现她的荣耀。钟爱公式，钟爱爆炸性的理念，钟爱意识形态的喧嚣的法国，将她的天赋及她的虚荣用以服务最近的十个世纪中发生的每一起事件。此后她成了红人，如今的她，顺从，胆怯，反复悔恨，忧惧不休，唯有荣光与昔日能让她入眠。她躲避自己的面容，面对镜子令她惊恐……国家如人，难掩皱纹。

若我们有过一场伟大的革命，我们不会发动另一场同样伟大的革命。若我们长期担任品位的仲裁者，一旦失去这个职位，我们几乎不会想去重获它。当人渴望匿名时，定是厌倦了被当作标本，厌倦了亦步亦趋：保留沙龙不就是为了娱乐天下吗？

这些道理人尽皆知，法国再清楚不过如何能老生常谈下去。一个故弄玄虚的国家，一个矫揉造作的国家，她爱表演如爱她的大众。如今她厌倦了，想要离开舞台，她所渴望的不过是成为一个**被人忽略的背景**。

然而毋庸置疑，她用尽了灵感，耗尽了天赋，但为此而指责她是有失公道的：我们或可指责她的自我实现，自我完成。一些美德令法国卓尔不群，但开垦过度，发展过度，使她才消智陨，而非由于疏于练习。如果说"至善生活"这一理念（没落时代的狂躁症）占据她、纠缠她，那么其唯一的目的，在于表明她不过是一群人的总称，是一个社会，而非一种历史意志。她厌恶自己昔日对整个世界的无处不在的野心，如今能令她摆脱二线国家之命运的，唯有奇迹。

自从法国放弃统治与征服的计划，她变得忧郁，举国无聊，渐渐衰落。她历经天灾人祸，虽已暂取守势，但损国民美德；与其说国民们保护自己，不如说他们忍受灾祸，适应它，直到再也无法躲开它。在生与死的中间，他们总会发现足以躲避两者的空间，既躲避生，也躲避死。在一种清醒的僵硬中倒下，梦寐以求一种永恒状态的他们，如何能反抗那包围他们的晦涩，反抗污浊文明的进步？

如果想知道一个民族的现状，想了解为何它会辱没它的过往，只要端详其最具标志性的特征。昔日的英国是什么样，她的"大丈夫"们的那些肖像足以说明。如果你想打上一个寒战，可以去英国国家美术馆，凝视那些阳刚的，偶尔显得柔弱，但更多时候如怪物一般的人像，他们散发出刚强，他们特征独具，他们的目光傲慢强硬。然后，想想今日的英国人，畏畏缩缩，见识平庸，规规矩矩，我们就清楚了为何他们不再理解莎士比亚的戏剧，为何他们索然无味，形似阉人。他们渐行渐远，正如对晚期希腊人而言，埃斯库罗斯笔下的英雄是如此遥不可及。伊丽莎白一世时代的遗风早在他们心里荡然无存：他们用他们剩余的"个性"保全颜面，保持体面。人总是因为认真对待"文明"，或吸收太多"文明"，而付出代价。

谁是建立帝国的功臣？冒险家，蛮人，流氓无赖——任何人，只要你对"人"这一词没有偏见。中世纪一结束，英国就变得生机勃勃，凶暴且忧愁：她丝毫不关注名誉，唯恐阻碍她的扩张欲。她散发的这种力量所带来的忧郁具有莎士比亚笔下人物的典型特征。想想哈姆雷特，想想这个白日做梦的海盗王子：他的怀疑并未改变他的狂躁，他没有理性者的弱点。他的犹豫不决呢？犹豫，源自力量的放荡，源自渴望成功，源自**无限**病态意志的紧张。面对自己的苦痛，人无法多出一些宽容温厚，也不会挥霍它们。焦虑太盛！今日的英国人如何能提升自己？此外，他们几无主张。**行为得体**是他们的理想：冒着千难万险也要实现。在一个肮脏世界中，这样一个仍坚持具有"风格"的民族，几乎可称得上唯一。庸俗缺失到了令人恐慌的程度：变得普通成了一道命令，令人困倦成了一条法律。由于一种卓越且乏味的力量，英国人越来越令人难以捉摸、困惑不解，我们却无视事实地赋予他一种神秘，想象着他。

为了反对自己的基础，反对他昔日的举止态度，消磨于谦虚谨慎，他精心制作了一种行为，一套行为规则，将自己同自己的天赋全然分开。他所示范的傲慢与放肆在哪里？他的挑衅，他昔日的自大在哪里？浪漫主义是他傲慢的回光返照。此后，他谦逊高洁，任由曾引以为豪的犬儒传统、蛮横无理化为齑粉。他徒劳地寻觅他曾经的野蛮遗迹：他的庄重得体扼杀了他的全部本性。应当鼓励他发疯，而非驱赶他，他的哲人们已将他带到了幸福的绝境。只要决定变得幸福，他就能获得幸福。他的幸福，免于满足，免于风险，免于所有潜在悲剧，在平庸的包围下他感到永久的满足。毋庸惊讶，他成了北欧人所珍爱的宠儿，对于萎靡的维京人而言，是一种典范，一种理想。只要英国人不改强势，我们就厌憎他、畏惧他；现在，他懂事了；不久后，我们会钟爱他……对于任何人，他都不再是一场噩梦。粗暴放纵，谵妄疯癫——他洁身自守，视这些为一种反常，或一种无礼。他往日的放荡与他所获得的审慎形成多么鲜明的对照！如果不以大规模的弃权为代价，一个国家就无法**正常**。

"日月一旦疑思，必会立即消失。"（布莱克《天真的预言》）欧洲，已疑惑太久……如果她的黯然令人困惑，那么美国与俄国凝视她时，或从容不迫，或幸灾乐祸。

美国，以外强的虚无和中干的宿命面对世界。对于霸权，她准备全无；虽有些许犹豫，仍全力以赴。与那些饱受战败屈辱的国家不同，众所周知，迄今为止，美国虽好运不断，却一事无成。如果未来，她一如既往，她的临场将成为一个毫无影响力的事件。那些主宰她命运的人，那些主宰她利益命脉的人，应当未雨绸缪；为了让她不再是一头肤浅的怪兽，她所需的是一种严酷考验。或许她距离目标不是很远。迄今为止美国生活在地狱之外，正准备堕入地狱。如果她想为自己寻求命运，她将只能在万物的废墟上找到它。

至于俄国，端详它的过去，难免令人心惊肉跳，一级**惊恐**。暗淡而模糊的过去，充斥着期待，弥漫着隐秘的焦虑，一块闪光的胎记。俄国人蜂拥而入，世界各国惊惶不安；已然，他们将**绝对**引入政治。这便是他们对受怀疑折磨的人性所发起的挑战，给予致命一击。如果我们不再有灵魂，那么即便俄国人有，他们也会转卖掉。从他们的起源，从情感领域，我们会发现他们的精神仍依恋泥土，仍有血有肉，他们**感受**着他们所思考的；他们的真理，如同他们的谬误，都是感觉，都是刺激，都是行动。事实上，他们不思考，他们爆发。他们仍停留在智慧既无法减轻困扰，也无法消除困扰的那个阶段，无视反思的害处，正如当意识成为导致无根性与贫血症的重要因素时，他们仍无视意识的极端性那样，他们也无视反思的害处。因此他们能够安心启动其计划。除了一个淋巴质的世界，他们必须要面对的是什么？在他们面前没有物，没有阻挡，没有人能与他们相冲突：在19世纪中期，曾有个俄国人首次用"墓地"一词指涉西方，不是吗？不久后他们将结伴而来，一睹西方的遗骸。他们的脚步已传入顺风之耳。他们对"确定神"（simulacre de certitude）幻象的迷信不断推进。谁能阻止他们崇拜？

自启蒙时代，欧洲以宽容之名，不断刈除她的偶像；至少，她曾权倾世界，她信仰宽容，为捍卫它而战。她的怀疑都只是她经过伪装的信仰；它们验证了她的力量，她有权以它们的名义发言，她具有征用它们的手段，现在它们不再是一种神经紧张症状，一种萎缩了的本能的不明爆发。

偶像的毁灭伴随着偏见的毁灭。如今，那些偏见——一种文明的**器质**虚构（fictions *organiques*）——确保了该文明的持续，保持了它的形貌。文明当敬守偏见，就算不能对任何偏见一概而论，但至少，应尊敬那些属于文明自身的，在过去扮演了迷信和仪式的重要角色的偏见。如果文明将偏见视为纯粹的习俗，她只会逐渐脱离偏见，而不能以自己的方式取代偏见。假设文明崇拜任性，崇拜自由，自由个性会怎样呢？一种高级的因循守旧而已。一旦文明停止"顺从"，任性、自由、个性将形同虚设。

如果一个人想要在历史中立足，一种最低限度的无意识必不可少。行动是一回事；知道我们在行动是另一回事。当清醒倾注行动、混入行动，行动将彻底完蛋，一旦清醒，偏见的功能将失灵，无法让行动支配意识、奴役意识……揭露自己所做的虚构，放弃自己所拥有的才略，某种意义上，就是揭露自己，放弃自己。最终，这个人所接受的另一种虚构将否认他，因为它们并非产自他的深处。不必担忧他的平衡会超出一定程度的清醒与分析。一个文明能有多少真实可言，一旦它自曝其谬，一旦它的真理陷入质疑，它将停滞不前，颜面无光，摇摇欲坠！

滥用质疑具有危险。当怀疑论者再也无法从他的问题或质问中得到任何积极的品德，他将抵达他的终点，那正是他所寻觅的，他将冲向它：让其他人助他结束不确定，助他屈服！他再也无法使用他的焦虑、他的自由，他怀旧地思考着刽子手，甚至为其放声大哭。探索虚无的人比探索万物的人更善于忍受专制。因此，当专制结束时，业余爱好者比狂热者镇定一些。法国大革命时期，含笑断头台的旧贵族不止一人；轮到雅各宾党人时，他们忧心忡忡，凄凄惨惨。他们将死于一个真理之名，死于一种偏见。时至今日，目光所及，都是真理的替身、偏见的代物，那些缺少此种代用品的人似乎更加平静，但他们的微笑机械僵硬：一个穷人，最后一缕优雅的回光……

　　无论是俄国人，还是美国人，智力上都不够成熟，不够腐化，不足以"救"欧洲或雪耻她的衰落。德国人，在另一层面上受到污染者，借给欧洲一种绵延感，一种未来感。但帝国主义，以一种狭隘的白日梦为名，以一种意识形态为名，敌视文艺复兴所生成的所有价值，他们的使命就是返回原路，摧毁一切，一劳永逸。欧洲召唤统治，想要一举飞跃，哪怕只有数代（某种意义上20世纪的德国就是18世纪的法国），但他们笨手笨脚，只能加速她的衰落。翻天覆地，尚不满意，他们将欧洲拱手送给俄美，因为正是她见证了他们曾经的骁勇善战与自取灭亡。因此，在其他人眼里，英雄是一场悲惨混乱的制作者，未能完成他们的工作，完成他们真正的角色。现代世界的主旨，经过精心策划后，产生了黑格尔，产生了马克思，他们应该服务于一种普遍理念，而非一个部落观。然而就是这个部落观，无论它曾多么怪诞，他们仍热心地证明了它：在西方，他们独自保留了某些活力与野性的遗迹，他们仍旧有大干一场的能力，或一次精力充沛的疯狂，难道不是吗？但我们现在都知道他们既没有欲望，也没有能力投入新的冒险，他们的傲慢已失去酸涩，不再尖刻，如他们自己般虚弱，轮到他们纠缠于放弃的魅力，对于普遍的失败来说，他们的贡献最微不足道。

事实上，西方不会无限地存在下去：它在准备它的末日，那将是一段意外不断的时期……想想曾经的它，5世纪至10世纪的它。一场惊天危机正等待着它；另一种风格将浮现，新的民族将形成。此刻，凝思这混乱。多数人已听任这混乱。援引历史是为了屈从于历史，**以未来之名**放弃历史，我们梦寐以求"得救"，因为我们需要**对自己**抱有希望，需要眼见我们被吞没，被践踏……一种相似的感觉指引古人采取基督教所许诺的自杀。

疲累的知识分子简述着种种丑恶，概述着一个失控世界的种种恶行。他不是行动者，他是受难者；如果他偏向宽容，他不会得到他所想要的兴奋。恐怖提供兴奋，正如那些定论的学说。莫非他不是最初的受害者？他没有自怨自艾。唯有将他碾碎的力量能诱惑他。自由，就是成为自己；但成为自己，令他疲惫，疲惫地在不确定中缓行，疲惫地在真理中漂泊穿越。"用幻觉的锁链捆绑我"，他叹息道，他告别求知的旅途。因此，他将自己重重投入神话之中，不管是什么样的神话都会保护他，给予他枷锁的平静。承受他自身焦虑的荣誉渐渐消退，他将投入冒险，追求那些他所期盼而自己无法产生的感觉，因此他的疲惫越泛滥，恐怖越坚固。教堂、意识形态、治安——在恐怖中寻找它们的起源，在恐怖中感受他的清醒，而非在人群的愚蠢中。这个孱弱的人，以一个废物乌托邦的名义，将自己变成了一个知识掘墓人，他认为此举大有用处，实则糟践了"愚昧你自己"（帕斯卡）——一名隐士的悲惨箴言。

落败的激进者，抛弃悖论与教唆，寻找普遍与常规，却在中途卑屈，准备发表陈词滥调，放弃自己的奇异性，与乌合之众重修旧好。最需要颠覆的，是他自己：推倒这最后的偶像……他自己的碎片引诱着他。同时他凝视偶像，塑造新神的模样，或将古代的偶像变名易姓，重立它们。由于越来越难以维持庄严，越来越不愿去估量真理，他满足于那些所得到的东西。借由自我的产物，他——软弱无力的推翻者——开始在圣坛前匍匐，或爬行在取而代之者的面前。圣堂中，或会议上，哪里有歌唱，哪里就有他，那里将掩盖他的声音，他再无法被听见。一种对于信仰的滑稽模仿，不是吗？信仰对他并不重要，他所渴望的只是放弃自己。一曲前奏，他的哲学结束了，一支和撒那，他的傲慢消弭了。

公道一些：事已至此，他能有回天之力？欧洲的魅力，她的创造力，在于她的批判精神尖刻猛烈，在于她的怀疑精神好勇斗狠；这种怀疑论曾风光一时。因此知识分子，在自己的怀疑中失意，向教条寻求安慰。抵达分析的极限，他所发现的虚无吓得他魂不附体，他原路折返，试图抓住最初到来的确定，但，完全控制这种确定需要充足的天真，他不具备；此后，一个无信仰的狂徒，他不过是一个意识形态者，一个混种的思想者，只存在于变迁时期。他参与两种不同的风格，靠他的聪明才智，他成为一种正在消失的风格的贡品，借他所捍卫的那些理念，他成为一种正在出现的风格的贡品。为了更好地理解他，让我们想想中途皈依的圣奥古斯丁，风波颠沛，得到的只是基督教对古代世界的憎恨。我们所在的这个时代与见证《上帝之城》诞生的那个时代不相似吗？很难想象会有比它更现实的书。今日如同昔日，人类精神需要一种简单的真理，一个从他们的疑问中传递出来的回答，一部福音，一座坟墓。

精制的瞬间中藏着一种死亡天性：脆弱莫过于精制。滥用精制，使我们创造出了基督教理，终结了辩证游戏，智慧因本能不再从旁协助而衰退。古代哲学，犹豫不决而思维混乱，一意孤行，尽管它已开启过通往底层之简单行事的路，宗教派别大量衍生，崇拜接替教学。一种类似的失败威胁我们：意识形态早已猖獗，日渐卑微的神话将削弱我们，将废除我们。我们的矛盾空前盛大，无法长久支撑。绝大多数人准备崇拜偶像，侍奉真理，无论何种，只要一个接另一个地强加给他们，只要他们能面无难色地选择耻辱或灾难。

将来世界无论怎样，西方人都会乐在其中，犹如罗马治下乐不思蜀的希腊人（Graeculi）。新的统治者搜出他们，鄙视他们，为了得到青睐，他们会耍些聪明，炫耀昔日。**他们的保身之道**，早已闻名遐迩。衰竭症候无处不在：德国用音乐给出了她的诊断，我们如何能相信德国能再度脱险？德国耗尽了她的深刻，正如法国耗尽了她的典雅。一个接另一个——同她们一道，世界的各个角落——都在崩溃的边缘，这些自古以来最具盛名的国家。清算随后而来：前景无关紧要，暂歇多久无法估计，在一个安逸的时代中，面对终将到来的释放，每个人都会欣然接受背后的希望之苦和期待之痛。

　　欧洲，在困惑与软弱间徘徊，虽然仅存一个信念，但她会同意抛弃这个信念，因为世界虚无：她将抛弃一个作为牺牲的未来，一个献祭的未来。她顽固倔强，只要一次，她就会相信失败，她将失败，她必败无疑。此外，新种族的压迫与傲慢她不是早已领教过吗？曾有一时，她看似鼎盛，18 世纪，加里亚尼神父早已洞察她的颓势，但忠言逆耳。卢梭，从他的角度预言道："鞑靼人将成为我们的主人：此变革在我看来不可避免。"他所言不虚。至于19世纪，想想拿破仑论哥萨克的那些话，想想托克维尔、米什莱或勒南，他们的忧虑颇有预见。如今这些预感汇编成册，这些直觉属于大众知识。人不会在一夜之间放弃：人需要一种细心保存的后退气氛，需要一段战败传奇。此种氛围是人造的，正如传奇也是人造的。同样，那些哥伦比亚的原住民，准备顺受遥远征服者所施加的苦难，后者一到，他们就屈服了，同样，西方人了然于心，了然他们作为奴隶的未来，无疑这一未来无法避免。他们不仅无法避免，也无愿避免，无胆避免。十字军兵，成了园丁，消失在恋家者的后裔中，游牧遗迹，荡然无存。但，历史是对空间的怀旧，是恐家，是漂泊梦，是客死远方的向往……但，确切地说，历史是在我们周遭所不再能看到的事物。

有一种饱足感会激发创作欲，既创作神话，也创作谎言，教唆行动：那是一种贪得无厌的狂热、病态的热情，只要它将自己固定在一个客体上，它就能恢复健康。另一种饱足感，将精神同它的力量分开，将生命与它的活力分离，令创造力贫乏枯竭。厌倦的实体如讽刺画般，它拆解了神话或篡改了神话的用法。简而言之，厌倦是一种病。了解它的症状及严重性时，远观必会有误：观察你自己，你就会发现你有多少西方印记……

如果强壮能传染，虚弱也毫不逊色：虚弱有其魅力，无法轻易抗拒。当虚弱排兵布阵，迷惑你，毁灭你：有何办法对抗一个丧失意志的大陆？意志疾病也能增添惬意，有些人会恭敬地将自己献给它。愉快莫过于迁延过时，**明智**也莫过于此。但没有强烈的疯癫，就没有创新精神，没有进取心，没有姿态。理性：锈蚀我们的生命力。正是我们心中的疯人迫使我们冒险；一旦他抛弃我们，我们必败无疑：一切都靠他，甚至麻木苟活也要靠他；正是他劝诱我们呼吸，他迫使我们这么做，正是他迫使我们的血液在血脉中流淌。一旦他逃之夭夭，我们真就孑然一身了！

正常与**活力**无法共存。如果我让自己保持在一个垂直位置，准备填充入即将到来的瞬间——简而言之，如果我构想那样的未来，那正是因为一种幸福的精神失调。我带着我的胡思乱想，在胡言乱语中度日及行动。一旦恢复理智，万事万物就会变得恐怖：我要溜走，我要缺席，去往那不屈流的泉水，去往那生命孕育运动前必已得知的衰弱，借由**胆怯**，我通向万物的基本，一切陷入深渊绝壁，我无能为力，因为它将绝我于未来。一个人，如同一个民族、一片大陆，当他畏首畏尾，既不草率计划，也不莽撞行动时，他的死期就到了。那时，与其孤注一掷，猛然将自己投入存在，他仍选择在存在中蜷缩，在存在中避难：一种退化的形而上学，另一方面，退向原初！在欧洲令人胆寒的均势中，她拒绝她自己，怀念她的放肆，回忆她的逞强，甚至热望**不可避免的失败**，热望失败的最终光荣。她忍耐所有的滥行，忍耐所有的人，她深思熟虑，始终深思熟虑，即使她不在了：她创造了一个幽灵会议，不是吗？

　　……我想起一个穷苦的可怜人，大中午还躺在床上，用命令的口气对自己喊道："权力意志！权力意志！"这闹剧每天重复：他强加给自己一个不可能完成的任务。至少，他抵消了自身曾经的幻象，蔑视了他嗜睡的乐趣。对于欧洲我们无话可说：她欣喜若狂于经过她的努力，终于发现了非意志的王国，因为她知道如今她的毁灭中藏着一种快乐天性，她意图借此得利。放任的想法迷惑了她，满足了她。时间继续流逝，不是吗？她几无自警；让其他人忧心忡忡吧；那是他们的事情；他们不会想到，在一个引向乌有的当前中沉溺，会带来什么慰藉。

　　活在西方是死路一条；活在其他地方，是慢性自杀。我们该去往何处呢？此世上"存在"似有所辩白之唯一所在，已染上坏疽。这些高度文明化的民族是我们绝望的供货商。至于绝望，事实上，它满足于凝视，满足于观察他们精神的伎俩及他们贪欲的贫乏，直至几乎熄灭殆尽。在违背其出身而犯下如此久远的原罪，并对野蛮人，对游牧民族——他们的出发点——视而不见后，他们不得不意识到，自己不再拥有一滴匈奴血。

古代史家论及罗马，认为她既无法容忍她的恶习，也无法忍受他们的治疗。他的评论不仅详细说明了他自己的时代，也预示了我们的时代。伟大无疑是一个帝国的厌倦，但，无序而充满创造力的她，尚能随机应变，玩世不恭，穷奢极欲，暴虐残酷，如今我们所看到的这个帝国，在她严格的平庸中，她所拥有的幻术都破灭了，再也无法产生……幻觉。太明显，太确凿，她召唤了一种邪病，一种无法克制的自动性既让病患放心，也让治疗者放心：临终，状态良好，形式适当，如契约般准时执行，约定的末日，并非心血来潮，也无撕心裂肺，用以衡量这样的民族——他们不满足于已然拒绝那些激发活动的偏见，还要摒斥那些为民族辩护并建立民族的偏见，即生成中的偏见。

集体进入空虚！但不要误解：此空虚，在各方面不同于佛教所谓的"真之所在"，既非完成，也非解放，非以消极的术语表示积极的体验，更不是沉思，不是剥露意志，不是战胜救赎，而是一种崩塌，失去尊严，丧失激情。一种贫血的形而上学无法回报研究，奖励焦虑。东方人朝着他们的"空虚"前进，在其中繁荣与胜利，同时我们陷入了我们的"空虚"，失去了我们最后的能量。显然，所有事物在我们的意识中自贬自毁：甚至"空虚"都不纯了。

无数的战利品，无数的获得物，无数的理念，他们将从何处延续下去？从俄国？从北美？她们都尝到了欧洲的恶果……拉美吗？南非吗？澳大利亚吗？从这方面来看，似乎有必要期待下一代。颇具讽刺的下一代。

未来属于地球的郊区。

如果，在精神范畴中，我们想要称量文艺复兴至今的成就，我们无须考虑哲学成果，西方哲学较古希腊哲学、印度哲学、中国哲学几乎不占上风。西方哲学充其量是有些价值的，在某些方面。西方哲学表现了一种哲学上的努力。一般而言，我们可以，必要时，忽略它，因为它反对商羯罗式的沉思、老子式的沉思、柏拉图式的沉思。西方音乐则别开生面，堪称现代世界最伟大的辩解，在任何传统中都找不出平行的现象：他处能发现堪比蒙特威尔第、巴赫、莫扎特的音乐家？正因为音乐，西方人容貌彰显，直至深刻。如果西方既没有创造出一种智慧，也没有创造出一种绝对适应自己的形而上学，没有一种称作楷模的诗歌，那么相反，他已将自己全部的创造力、敏锐、神秘、才能和对不能言说之物的表现，投入音乐创作之中。他热爱理性，如痴如狂；真正的天赋反而是一种感情用事。让他荣耀至极的恶就不是恶了？灵魂肥胖症。

没有音乐，预料之中他所能产生的只是一种随随便便的文明风格……因此如果他申报破产，唯有音乐能证明他没有白白浪费，证明他确有所失。

有时人会突然想要逃离欲望的迫害，逃脱自卫本能的专制。他享受衰落的阿谀，侵蚀自己的意志，尽力冷漠自己，主动反抗自我，求助于他的邪恶天资。

匆忙的人，行动的牺牲品，数以千计的行动损害着他，他发现了一种动力学，解体动力学，他无法怀疑它的吸引力。他为此骄傲：最终他靠自己就能重生。

在个体的最深处，如同集体的最深处，存在一种毁灭力量，其准许他们与一定的活力同归于尽：酸性的兴奋，毁灭性的惬意！将自己交托给毁灭，无疑希望其能治愈此意识病。事实上，每一意识，都在暗中策划，令人疲惫不堪，令人筋疲力尽：它在我们身上赢得的支配权越多，我们越热衷于重返那先于我们的清醒而到来的黑暗，陷入预先阴谋的假寐，以此谋杀自我。萎靡精神的渴望，说明了为何在某些时代，个体始终怒气冲冲，对抗自我，三思其不同，转向那些时代，与世界同在，既不会对存在不告而别，也不会退变人类。意识的贪婪与恐怖，同时表达了一种残疾动物的全部欲望，既想要完成自己的天职，又恐惧成功的到来。恐惧正当：巨大的灾难恭候他的冒险结束！我们生活在那些瞬间之一，在一个已知的空间上，他让我们目睹了他最后的变形，不是吗？

当我审视欧洲的那些功绩，我怜悯她，后悔诽谤她；如果，相反，我清点她的那些欠缺，我会震怒。我愿她尽快自解，愿记忆中的她尽快消失。但在其他时候，我会想起她，她的那些尊荣，她的那些耻辱，我左右为难：我爱她，难免悔恨，我爱她，难免残忍，我无法原谅她，她令我进退两难，无从选择。至少我要能冷漠地凝视她的娇柔、她的魅力、她的千疮百孔！出于游戏，我想与她同归于尽，我深陷这一游戏。她曾有过的优雅一息尚存，无论我尽多么大的努力都无法适应它、恢复它的活力、永存它的秘密。白费力气！——一个洞穴人陷入网扣之中。

精神是吸血鬼。精神攻击文明。留下一个虚弱的文明，失败的文明，没有呼吸的文明，失血的文明，夺走文明的实质，仿佛急于陷入行动，陷入重大的丑闻。文明陷入一个恶化过程，无法逆转，她让我们看到我们的危险，看到我们怪相的未来：她就是我们的空虚，**她就是我们**；让我们重新发现我们的不足、我们的恶习、我们松松垮垮的意志、我们碎如齑粉的本能。她唤起我们的恐惧，恐惧我们自己！如果我们如同她，卧床不起，一蹶不振，呼吸衰竭，一定是我们也见识、遭受了精神的吸血鬼。

虽然我从未臆测她无法补救，但目光触及她时，我不寒而栗。让我免于暧昧，她为我说明，拨起我的恐惧，安抚我的恐惧，为我在修士沉思中分配尸体。

临终时，他亲口对自己的儿子说道："从此一切都完了，君主制完了。"在欧罗巴的枕边，有个神秘的声音警告我："从此一切都完了，文明完了。"

与虚无争辩有何用？重新振作的时候到了，战胜至恶迷惑。尚有希望：尚待野蛮人。他们从何而来？这不是重点。此刻，我们都要明白他们一旦启程，从不迟到，准备好庆祝我们的灭亡，他们思索各种方式来纠正我们，终结我们的推理，终结我们的语句。羞辱我们，蹂躏我们，他们会助我们一臂之力，我们将置之死地而后生。让他们来鞭打我们的苍白，振作我们的暗影，带回弃我们而去的活力。憔悴的我们，失血的我们，无法反抗宿命：垂死之人，既无法结盟，也无法叛变。指望欧罗巴的觉悟和愤怒？她的结局，甚至她的反抗，都已安排就绪。厌倦存活，厌倦长期与自我交谈，她是一种空虚，不久将动摇那些大草原……另一种空虚，一种**新的**空虚。

命运刍议

　　某些民族，如俄罗斯与西班牙，受困于自身，甚至自视为一个独一无二的问题：他们的发展，每一方面都独具特色，迫使他们收敛他们的一系列反常，收敛奇迹或命运的卑微。

　　俄国的文学开端，是在上个世纪（19 世纪），一种顶级姿态，一种闪耀的成功，必然冲昏她的头脑：理所当然，她成了自己最大的惊喜，她高估了自己的重要性。陀思妥耶夫斯基（以下简称陀氏）笔下的人物把俄国等同上帝，他们用提问后者的方式提问前者：我们必须信仰俄国吗？我们必须否定她的存在吗？她真实存在吗，或者说她仅仅是一种托词？以这种方式质问，是以神学术语提出一个地方性问题。但正确来说，于陀氏而言，俄国不只是一个地方性问题，而是一个世界性问题，等同于上帝存在这一命题。如此手段，荒唐无度，只可能出现在一个演化反常，或令人惊叹，或令人惊乱的国家之中。很难看到一个英国人会要求英国有或没有某种意义，或赋予英国某种意义，或雄辩滔滔地谈论英国的意义，或赋予英国一种使命：他知道自己是英国人，这就够了。英国的演化不容本质的质问。

在俄国人当中，弥赛亚主义源于一种内心的不确定，因傲慢而加剧，源于他们想要表明自己的缺点，想要将这些缺点强加给他人，想要将一种可疑的满溢推卸给他人。渴望"拯救"世界是一个民族青春期的病态现象。

西班牙关注自己则出于另一个理由。她的开端同样闪耀，但都已远去。早早成功，震撼世界，于是安心地衰落失败：一日，我突然领悟了这种衰落。那是在巴利阿多利德，在塞万提斯的故居中。一位老妇人，相貌普通，注视着菲利普三世的肖像。"一个疯子。"我说。她转身面对我："正是随着他我们开始没落。"我击中了问题的要害。"我们的没落！"因此，我认为，"没落"在西班牙是一个日常观念、民族观念，一种陈词滥调，一种官方口号。这个国家，在 16 世纪，曾给予世界一种雄壮和疯狂，如今她被迫恪守她的麻木。如果他们曾有时间，无疑最后的罗马人就不会继续前进；斟酌他们的末日，他们做不到；因为野蛮人已十面埋伏。他们得到了更好的天赋，悠闲（整整三个世纪！），悠闲地沉思他们的悲惨，沉浸于他们的悲惨中。饶舌绝望，即兴幻想，他们生活在一种悦耳的尖刻中，一种悲惨的非正剧中，他们得以幸免庸俗，幸免快乐，幸免成功。有朝一日他们会用他们古代的执念去交换另一更现代的执念，但无法抹去长期"缺席"的印记。无法与"文明"合拍，教权主义者或无政府主义者，他们不懂得放弃他们的不切实际。他们如何能追赶上其他民族？他们如何能有新的篇章？沉思死亡让他们彻底耗尽自己，玷污自己，甚至把死亡变成一种深入肺腑的感受。他们不停退向本质，由于深不可测而悲观绝望。若不是他们偏爱空虚，迷恋框架，"没落"岂能以历史术语出现，岂能紧紧占据他们。也难怪对他们每一个人而言，他的国家应当成为他的问题。读一读安格尔·加尼韦特、乌纳穆诺或奥尔特加，就会意识到对于他们，西班牙是一种与他们密切接触的悖论，他们无法将这种悖论简化为一种理性公式。他们不停反思这种悖论，沉溺于它的不可解决。既然无法用分析来解决这一悖论，他们想到了堂吉诃德，因为后者心中的悖论已成为一种象征，因而更加不可解决……我们不会设想瓦雷里或普鲁斯特为了发现他们自己而沉思法国：一个完好无缺的国家，没有国破家亡，也就没有触目惊心，没有惨绝人寰，也就不配分析——功成名就，命数已定，分析她有何"利益"？

西班牙的价值是提出了一种不同寻常的发展，一种天资卓越且不完整的命运。（或可说一个集体化身为一个兰波。）想一想西班牙所展现出的疯狂，疯狂追逐黄金，沦为无名之辈，想一想随后的远征，一面杀人越货，一面虔诚祷告，一边谋杀，一边布道，一手握着屠刀，一手握着十字架。天主教，在其风光无限时，嗜血成性。

远征与宗教裁判所——平行现象，源自西班牙宏大的恶习。兵强马壮，杀伐天下，反而让她患失荣华，敏感至深。唯有残暴的民族能有幸靠近生命的本源，靠近它的悸动，靠近它使人温暖的奥秘：唯有猩红的双眼才能看见生命的本质……当我们得知哲人的目光苍白如此，我们如何能信仰哲学？习惯推理，常常思辨，是一种生机不足的表现，是一种感性退化的迹象。人必须借助自己的各种缺陷，遗忘自己，有序思考不再是人之理念的必要部分：哲学，个体之特权，生理肤浅民族之特权。

几乎不可能同一个西班牙人谈论其国家之外的任何事情，这个封闭的世界，就是他抒情与反思的主题，一个纯粹的外省在世界之外。时而欣喜，时而悲叹，他朝向西班牙，目光忧郁且晕眩；四分五裂是他严密的形式。如果他允许自己有一个未来，他不会真的信仰这个未来。他的发现：忧郁的幻觉，绝望的傲慢；他的天赋：怀旧的天赋。

　　无论他们的政治定位是什么，自问自答的西班牙人或俄罗斯人都将国家视为唯一重要的问题。这就是为何西班牙或俄罗斯都无法产生一流的哲学家。因为哲学家作为一名目击者，必须攻击各种理念；在消化它们前，在融入自身前，必须从外部思考它们，必须让自身与它们分离，权衡它们，如有必要，必须和它们赌上一把，待时机成熟，用他从未视为同一的理念创造一个哲学体系。我们赞美希腊哲学正是因为他们的哲学具有这种优越性。于俄国人和西班牙人，知识问题从来不是问题，不是他们沉思的基本对象。这一问题既不会让俄国人困扰，也不会让西班牙人纠结。他们都不适宜理性沉思，他们与理念维持着一种光怪陆离的关系。他们总挑战理念，总措手不及。理念掌握他们，征服他们，压迫他们；作为心甘情愿的殉道者，他们要求为理念受难。和他们不同，我们已远离精神的赌场，我们的精神不再与它自己一搏，与万物一搏，远离了任何有序的困惑。

俄罗斯与西班牙都是演化反常的国家，他们基于自己的命运质问自己。但他们仍旧是两个伟大的民族，尽管漏洞百出，经历坎坷。于少数民族而言，民族问题要多悲惨有多悲惨！既没有突然的盛兴，也没有渐渐的没落。依靠，既不在过去中，也不在未来中，他们依靠自己：漫长无果的沉思就是结果。他们的演化无法不反常，因为他们没有演化。什么留给了他们？放任自己，因为，在他们的外面，是历史的全部，确切说，他们都被排除在历史之外。

他们的民族主义，被我们误认为一场闹剧，实际上是一副面具，借此他们试图隐藏他们的戏剧性，试图在狂热的主张中，忘却他们其实没有能力将自己嫁接到事件中：这是令人痛苦的谎言，是在用狂热回应他们所害怕获得的轻蔑，是祛除他们的秘密心魔，让他们不再痴迷自己的一种方式。简单来说：一个民族若对自己是一种折磨，这个民族就是一个病态民族。然而，虽然西班牙因退出历史而痛苦，俄国因不顾所有反对，寻求在历史上立足而痛苦，但少数民族仍苦苦挣扎，不会为了这些理由丧失耐心或绝望。一种原初的缺陷诅咒他们，令他们悲痛，他们无法用失望或梦想来弥补。因此他们没有其他办法，只能任由"他们自己"作祟。一种不缺乏美的心魔，因为它引向虚无，遂不会使人产生兴趣。

有些国家享有一种赐福、一种恩宠：事事因他们而成功，甚至因他们的不幸，甚至因他们的灾祸；有些国家则无法成功，他们的成功等同于他们的败亡。只要他们想出风头，想一跃十步，飞来横祸就会破灭他们的春梦，把他们带回起点。所有的机会都将烟消云散，他们甚至无法成为笑料。

成为法国人显然：既不会为之烦恼，也不会为之高兴；法国人具有一种确信，足以说明那个古老的疑问："一个人怎么会成了波斯人？"[1]

成为波斯人这一悖论（成为罗马尼亚人也是这

---

[1]出自孟德斯鸠《波斯人信札》。该句为主人公初到巴黎，饱受民众围观并表明身份后所得到的评价，以幽默的笔调讽刺了法国人的偏见与民族优越感。——编注

一情况）是一种折磨，我们应当知道如何利用它——一种有利于我们的缺陷。我承认直到最近我都觉得耻辱，因自己属于一个随便的民族，属于战败者集体，它的起源讳莫如深，不容幻想。我相信，我没有弄错，我们源于蛮族避难，源于大侵略的残部，源于那些游牧部族，由于未能赶上大部队，沿着喀尔巴阡山脉与多瑙河溃散，懒洋洋地赖在那里，在帝国边境上的一群逃兵，胡乱地说着拉丁语。我们有着这样的过去，这样的现在，以及这样的未来。这是一场严酷的考验，用以裁判我的年少轻狂！"怎么会成了一个罗马尼亚人？"这是一个我只能用一种永恒屈辱来回答的问题。我憎恨我的祖国，憎恨它永恒存在的农民对麻木的钟爱，以及仿佛是一种光彩的愚昧，我羞于来自他们，我断然否定他们，拒绝他们的永恒状态，拒绝他们的魔性确信，他们的地质性妄想。我枉然探究他们的特征，坐立不安，装出一副反叛者的样子：可笑的模仿者，快来看啊！在他们中渐渐死去。说真的，莫非他们是石头变的？我不知道如何去催促他们、赋予他们生命力，做梦都想消灭他们。但有谁会去屠杀石头呢？他们呈现给我的景象让我的癔症既理直气壮又困惑难解，既生机勃勃又令人厌恶。我要不停咒骂那场让我诞生在他们之中的意外。

一个巨大的观念掌握着他们：命运。我用尽全力拒绝这一观念，在它之中我看到的只是懦夫的遁词，用来辩解每一次退弃，人云亦云，一种葬礼般的哲学。我能固守什么？我的祖国，它的存在显然毫无意义，在我看来，它是一种虚无的概述，一种不可思议的具体，它类似西班牙，但没有黄金盛世，没有征服，没有疯狂，也没有令人心酸的堂吉诃德。属于罗马尼亚的——用屈辱和讽刺换来的教训！一种灾祸！一种麻风病！

至于盛行于当地的"命运观"，我曾太傲慢自负，未能察觉它的起源，它的深度，或它的经验，它所假定的灾难论。多年后我理解了我的祖国。我不清楚她是如何暗示她自己的。她将我引向一种清晰的感觉，渐渐我和我的祖国和解了，因此，最终我的祖国不再作祟于我。

为了豁免自己行动的义务，受压迫的民族将自己托付给"命运"，一种消极救赎，也是一种事件诠释法：一种日用哲学，一种基于实用的决定论，一种境遇形而上学……

如果日耳曼人，同样，对于命运神经兮兮，他们也不会将其视为一种外来的根本干预，而是一种源自他们自身意志的力量，这种力量一旦遗忘他们，转而反对他们，毁灭他们，就会消失。由于他们渴望造物力量，因此他们将"命运"设想成一种灾难的戏剧，内在于他们的自我，而非内在于世界。说到底，某种程度上，命运取决于他们。

必须这样设想命运：外在于我们，全知全能，至高无上，一个无比巨大的失败周期，一种完全充满了我的祖国的局势。于罗马尼亚人，信仰努力是无礼的，信仰务实是下流的。因此他们不会相信自己，出于礼貌，他们必然听天由命。我感激它让我懂得了人情世故，让我泰然面对必需，给予我调解之道，让我安然度过数个死局。它激励我保持失望，启示我保持麻木的秘诀，它进一步要求我，渴望我成为一个流氓无赖，徒有其表，它所赋予我的那些手段让我可以自暴自弃，但不会身败名裂。我感激它，它所赋予我的失败如此精致、如此确定，不仅如此，它所赋予我的天赋，让我完美地掩饰了我的胆怯，隐藏了我的内疚。我亏欠它实在太多！我的感激名目繁多，事实上，——罗列令人乏味。

即便我付出所有美好的意愿，在背井离乡的情况下，能否用一种地道的方式去虚度光阴？它帮了我很多，引导我，鼓励我。毁灭一个人的生活——人总是记不住教训——并非轻而易举：它需要一个传统，长期训练，数代人的艰苦奋斗。一旦大功告成，一切都将变为奇迹。届时，对徒劳的确信会变成你的基因：是你的祖先为你积攒的家业，是他们眉头豆汗的结晶，是他们忍辱负重的回报。你是幸运的，从中得利，得意洋洋。至于你所受的屈辱，你总能粉饰它们，或避而不谈，假装具有一种优雅孱弱的气质，将体面地成为，最后一个人。礼貌，不幸的文雅，是从末日开始之人的特权，他们天生失败。一旦了解自己是一种前所未有之人，便会感到一种苦涩，混合着一种甜蜜，甚至一种肉体上的快感。

曾听到某人谈及某事时说："都是命。"我感到怒不可遏，如今看来太孩子气了。我没有想到我会做出同样的事情，我自己会躲在这个音节的后面，我会把事情归咎于好运和坏运，谈论幸运与厄运的全部细节。我没有想到我会信仰命运不能自持，如一个紧抓救命木板的海难者，我会一醒来就和命运攀谈几句，然后将自己投入日复一日的恐怖。"你将消失在宇宙中，啊，我的俄罗斯。"上世纪（19 世纪）秋切夫[1]大声疾呼。我将他的疾呼以恰当的方式用于我的祖国，为了消失，它的创立不同寻常，为了沉没，它的组织不可思议，它具备了一名完美的无名受害者的所

---

[1]　费奥多尔·秋切夫（1803—1873），俄罗斯诗人，与亚历山大·普希金和米哈伊尔·莱蒙托夫并称为俄罗斯最伟大的三位浪漫主义诗人。——编注

有品质。习惯苦难，没有尽头，也没有理由，充满灾难，一名学习欺压诸部族的学徒！最早的罗马尼亚历史学家的编年史是这样开头的："人类无法号令时间，时间号令人类。"欧洲一隅的粗俗方案、计划及墓志铭。若想领会东南欧各国中盛行的感性基调，只需回味一下古希腊悲剧中的哀歌合唱。一种无意识的传统标记了整个民族空间。面对伟大的兽性，叹息成了例行公事，厄运成了家常便饭，少数民族终日哀诉！然而我们应当慎重一些，少一些抱怨：阻止世界混乱，阻止我们悲惨，阻止我们失败，并不会令人欣慰。我们得不到专业的安慰，我们都是业余爱好者，我们不具备应当痛苦的专业技能，不是吗？

流亡的回馈

不要将流亡者误认为某种弃权者，或某种退让者，或某种谦让者，他不会逆来顺受，也不会自甘堕落。仔细观察，就会发现，他野心勃勃，他的失望具有攻击性，他自视为征服者，因而加倍尖刻。越剥夺我们，我们的欲望及幻觉就越强烈。我甚至察觉灾厄与狂妄间存在某种联系。作为最后的求援，一无所有者会保持对荣耀的希望，或对文学丑闻的希望。他同意抛弃一切，除了他的姓名。但他的名字，他如何能逼它就范，当他使用一种文明人所不知的或轻蔑的语言来写作时？

他会冒险使用另一种方言吗？抛弃那些羁绊于自己昔日的词语谈何容易。抛弃自己语言的人，采用另一种语言，不仅变更了身份，甚至变更了失望。一种英雄的背叛，他打碎自己的记忆，直至，打碎自己。

创作小说，夜以继日，实至名归。他叙述他的苦难。他的同胞，同在异乡，嫉妒他：他们同样受苦受难，或许更加深重。无国籍者成为——或渴望成为——小说家。推定结果：一种混乱积累，一种恐怖通胀，一种战栗通胀。一个无法无限重演地狱的人，他的主要特征是单调，没有流亡的面貌。文学中没有什么东西比那些骇人之物更能激怒读者；生活，沾染了太多事实，令人不知所措。但我们的作者固执己见；眼下，他将自己的小说深藏在一个抽屉里，等待他的时运。一种惊奇的幻觉，一种他无法把握但他相信的名声，支撑着他；他靠不真实活着。然而，这就是此种幻觉的力量，好比他在一家工厂里劳苦，带着一种生存观：相信终有一日一种突如其来又不可思议的名望会解放自己。

相同的悲剧会发生在诗人的身上。他受困在自己的语言中，为朋友写诗，为十个人写诗，最多为二十个人写诗。被人阅读的渴望迫切蛮横，丝毫不亚于即兴的小说家。至少他有些优势，能在流亡杂志上发表他的诗作，虽不起眼，但所付出的牺牲与克己近乎不雅。他变成了杂志编辑；为了持续创作，他忍饥挨饿，戒绝女色，隐居在无窗的房间里，强迫自己贫苦，这种做法令人困惑，也令人惊骇。手淫与结核病，那就是他的命。

如果现有的流亡者人数稀少，他们会成立团体，不是为了捍卫自己的利益，而是为了众筹，为了搜刮，以便出版他们的悔恨、他们的惊叫，他们的呼吁不会得到回应。他们徒然寻找一种更加令人心碎的免费形式。

他们既是优秀的诗人，也是拙劣的散文家，但以此为理由太过草率。审视弱小民族的文学创作，由于缺少幼稚而无法为自己虚构一个过去：盛产诗歌成了最令人深刻的印象。散文，为了自身的发展，需要一定的精确，一种差异的社会状态；需要一种传统，它是深思熟虑的产物，构思创作的结果；诗歌创作，如果不是直接的，必是完全捏造的；诗歌，隐士（troglodytes）与雅士的封地，只能永远绽放在文明的边缘，或远或近。散文要求一种深思天赋，要求一种有形语言，而诗歌与鲁莽天赋水乳交融，与无形语言琴瑟和鸣。创造一种文学就是创造一种文笔。

绝大多数人所掌握的表达形式不过是诗歌，有何比这更理所当然？即便资质平常的人，也能在流离中，在流亡的身不由己中获此额外的天赋，在一种正常的生存中他们无法发现这一天赋。

无论何种形式，何种原因，开始流亡，就是开始一场晕眩训练。此种晕眩，非人人能有幸参与。此是一种极限状态，如诗歌状态的极端。一上来，就被放逐到此状态，无迂回训练，只靠灾祸眷顾，岂非一种青睐？想想里尔克，奢侈的无国籍者，为了清算他的羁绊，为了在无形中立足，积累大量的孤独。成为乌有国人绝非易事，若外在情势不强迫你。即便神秘主义者，若想脱胎换骨，也必须付出极为恐怖的代价。要想脱离苦海，就要废除自己！无国籍者，做到这点毫不费力，借助协作——敌意——与历史协作。既无痛苦，也无关注（为了能让自己摆脱万物）；事件驱使着他。某种意义上，他如同病人，将自己置于形而上学之中，或诗歌之中，摆脱个性的优点，借助事物的力量，借助疾病的影响力。此岂非一种劣质的绝对？有可能，但无法证实尽心尽力所获的成果价值，的确超过了不可避免的休憩所产生的后果的价值。

流亡诗人的最大危险：认命了，不再痛苦，甚至沾沾自喜。悲伤的人无法挽救他们的青春；他们将耗尽自己。去国之人，怀乡之人，情况亦然。悔恨令他们荣光磨灭，黯然失色，他们的挽歌无人问津，急速沦为废品。在流亡之地，乌有之城，逆向祖国，成家立业，人之常情莫过于此。诗人若爱上流亡，他的激情将挥霍一空，他的厄运将力量殆尽，他的光荣将梦断异乡。流亡不再是沉重的诅咒，他无法引以为傲，无法从中获益，随之，他的异常状态将失去力量，他的孤独将失去理由。地狱将他拒之门外，试图重归那里，再度水深火热，将徒劳无功：他的苦难，太温柔了，他再也配不上地狱了。前不久仍让他自鸣得意的疾呼如今让他感到苦涩，然而苦涩不会变成诗句：但能让他超越诗歌。不再歌唱，也不再放荡。他的伤口愈合了，不要指望能从中提取出一些重音：至少他会成为自己痛苦的效颦者。一种体面的下台等着他。失去差异，失去原初焦虑，他的灵气枯竭了。不久，甘心沦为无名之辈，费心思索自身平庸的他，会戴上一种来自乌有的资产者的假面具。他的抒情事业迎来大限，他的身败名裂稳操胜券。

"整装待发"，在失败的舒适中安顿，接下来他要做什么？他会在两种救赎形式中选择一个：信仰与幽默。如果他的焦虑是一笔陈年旧账，他会用一千次的祈祷来清偿；除非他热衷于一种温和的形而上学，蹩脚诗人精疲力竭后的消遣。如果，恰恰相反，他生性荒唐，他会极小化他的失败，直至满意。据他的脾气，他会献身虔诚，或迎合讽刺。无论选择哪一个，他都会战胜他的野心，如同战胜他的厄运，为了达到一个更高的目标，为了成为一名体面的战败者，一名得体的弃人。

一个离群者的民族

　　我将尝试漫谈一个民族的灾劫，谈论它那令历史困惑的历史，谈论它那貌似源自一种超自然逻辑的命运，其中未见与显然混合，奇迹与必然相容。某些人称其为一个种族，另一些人称其为一个民族，其他人称其为一个部落。由于它反感分类法，我们所谈论的事物，无论多么精确，都不准确；没有定义适用它。为了最准确地理解它，我们必须求助除此之外的某些分类，因为它的一切都不同寻常：它最早殖民天国、造立神明？急不可耐地造神，急不可耐地灭亡，它为自己伪造的宗教既是它的骄傲，也是它的耻辱……它虽有明见，却自愿为幻觉牺牲：它期待着，一直期待着……力量与分析的奇异结合、渴望与讽刺的离奇相遇。任何其他民族，身处同样的境地，面对同样众多的敌人，早已弃械投降，然此民族不合于绝望的甘甜，不顾自身年老体衰，不受命运强加的结论，活在等待的谵妄中，决心不吸取屈辱带来的教训，坚决不将胆怯作为原则，将匿名作为信条。它预兆了普遍的流散：它的过去概括了我们的未来。越近审视我们的明日，越接近这个民族，就越想逃离它：终有一日与之类似的义务将令我们颤抖不已……"不久你们将步我们的后尘"，它似乎在告诉我们这一点，好比说，在确定之上，它画了一个问号。

生而为人是一幕剧，生为犹太人是另一幕剧。因此犹太人有特权以我们的情况生活两次。他呈现了一种格外疏离的存在，或者，用一种神学家用来描述上帝的表达来说，一种完全他者的存在。他自觉自己的奇异，不断思考这种奇异，永不忘却自己；因此态度压抑、紧张兮兮或伪装镇定这些状态，频繁活动在那些承受某个秘密之负担的人心里。不再引以为荣，不再广而告之，不再大喊大叫，他隐藏自己的血统：不正是他的命运，未有与之相似者，赋予他傲视人类的乌合之众的权利？受害者，用他自己的方式反抗，成为特殊的失败者。他用不止一种方式，与毒蛇结盟，从中制作一个人物及一个信条。然而我们必不会料想到他同样冷酷无情：那将忽略他真正的本性，忽视他的狂热，他能爱也能恨，品味着复仇心，或者说仁慈的种种怪癖。滥用一切，获得解放，挣脱局限的暴政，挣脱生根的愚蠢，挣脱束缚，非宇宙（acosmique）的束缚，他，永不会从**此处**而来，他，从某个他处而来，本身作为异乡人而不可能以本地人之名，以所有人之名清晰言语。转译他们的感受，充当他们的口译者，如果他提出这样的任务，太艰巨了！那里没有他能引诱的人群，无法引领，也无法煽动：吹嘘不是他的特长。由于他的双亲，他将受到责难，他的先祖们安息在远方，在另一个国家，另一个大陆。没有坟墓，也就无法指明，无法发掘，没有作为任何墓地发言人的方法，他代表不了任何人，除了他自己。最新的口号莫非由他创造？他是否站在一场革命的源头？就在他的理念获胜的那一刻，他发现自己被拒绝了，当时他的话具有法律效力。如果他为某个缘由效力，他无法利用它到最后。总有一天他必会沉思这一缘由，作为一个旁观者，倍感失望。那时他会捍卫另一个缘由，带着毫不逊色的失望。这改变了自己的国家吗？他的戏剧将重新开始：流离是他的基础，是他的确信，是他的家园。

他比我们好，也比我们坏，他所体现的极端我们可望而不可即：他就是超越了自身的我们自己……他所拥有的绝对超过我们所拥有的，他所呈现的是我们能力的完美形象，或善，或恶。他在不平衡中感到慰藉，在那里他获得惯常，让他神经兮兮，一名精神病学专家精通各种疗法，一名药理学家精通自己的各种疾病——他不正常，与我们不同，不是由于事故或势利，纯属天然，毫无刻意，出于传统：这就是一种启示命运的优势，就整个民族的规模而言。作为一名朝向行动的焦虑症患者，一名不适宜休息的病人，他在活动中照料自己，不断前进。他的倒退与我们的不相似：即便大难临头他也拒绝一致。他的历史———一场无休止的分宗立派（schisme）。

以羔羊（l'Agneau）之名受到迫害，无疑只要基督教大权在握一天，他就一天不是基督徒。但他非常钟情于悖论——他的痛苦正源于此——万人唾骂基督教时，他可能会皈依它。届时他将受到迫害，因为他的新信仰。持有一种宗教命运的他，挺过了雅典，挺过了罗马，同样他将挺过西方世界，他将追逐他的职业，被所有未来与曾经的民族嫉妒和轻蔑……

基督堂永被废弃的时候，就是犹太人卷土重来的时候，或许，更有可能，他们将在犹太教堂上立起十字架。在此期间，他们将等待耶稣被抛弃：他们会在他身上看到他们真正的弥赛亚吗？教会末日时我们当知道真相……因为，除非一种不可预见的愚蠢，他们不会在基督徒的面前卑躬屈膝，也不会对基督徒指手画脚。基督，如果没有被其他民族接受，如果没有成为一种共同财产，没有成为一名出口弥赛亚，他们必会承认他。罗马治下，唯有他们不允许在他们的神殿中供奉皇帝们的塑像；逼他们就范，他们就造反。由于他们在帝国中与世隔绝，他们都被视为罪犯，因为没人会理解他们的排外，他们拒绝和异乡人同席，不参与游戏，不参与演出，拒绝与他人交往，不尊重他人的习俗。他们只相信自己的偏见：因此他们被控"厌恶人类"，西塞罗、塞涅卡、塞尔维乌斯，及整个古代世界都指控他们犯有此罪。早在公元前130年，安条克七世重围耶路撒冷时，友人们便提议："武力夺取城市，彻底消灭犹太民族；所有民族中，唯有它拒绝与其他民族团结，唯有它将其他民族视为敌人。"（阿帕米亚的波塞东尼奥，希腊人，斯多葛哲学家）莫非他们喜好无欲无求？莫非从一开始他们寻求孤独于世？毫无疑问，长期以来他们被视为狂热的化身，他们先天倾向自由理念而非后天习得。最偏狭的民族及最受迫害的民族将普救说和神宠论结为一体。天性矛盾；尝试无用，既无法解决，也无法解释。

　　破破烂烂，基督教不再是丑闻或震惊的源头，或引起危机，或丰富智慧。它不再困扰精神，不再强迫其回应任何质问；由它激起的那些焦虑，如它的那些回答及那些解法，都萎靡无力，令人昏昏欲睡：未来不会有折磨，也不会有悲剧从此开始。它完成了它的时代：我们早已在十字架上打呵欠；偶尔它会唤醒我们……无关紧要。占据我们的深刻后，它只能勉强停留在我们的肤浅上；不久之后，它将被排挤，将扩充我们失败实验的总数。凝视那些大教堂：冲动已失，无法支持它们的信众，变回岩石，越来越小，越来越弱。它们的顶尖曾经傲慢地指向天国，现却遭受着沉重的玷污，效法我们倦怠的谦虚。

当我们碰巧深入它们中的一个，我们会思考祈祷的无用，思考为数众多徒劳荒废的狂热者与疯癫者。不久空虚将君临那里。物质不再是哥特式的，我们不再是哥特式的。如果基督教貌似保住了它的名望，应当感谢用一种溯及既往的憎恨追诉它的后来者，他们将摧毁两千年的基督历史，摧毁这段基督教用一些诡计而得到了人类心灵认同的历史。由于这些后来者，这些怀恨者越来越罕见，由于如此悠久的众望不断流失导致基督教无法再聊以自慰，它于是眼观六路，蹲守一个敏感的事件，让自己回归时事的最前沿。为了再度"好奇"，它必须被提升至一种受诅咒教派的尊贵地位；唯有犹太人能接管它：为了让它重获新生，为了返老它的神秘，他们将投入足够的陌生感。若在理所当然时接受它，犹太人将消失在历史中，如同其他众多名灭的种族。为了避免这样一种命运，他们抛弃了它。留给外乡人朝生暮死的救赎之利，选择生生世世的堕落之害。不信教？此责难在圣保罗之后不停指斥他们。这是一种荒谬的责备，因为他们的错失恰好构成了一种对于自己的高度忠诚。除了他们，最早的基督徒都貌似投机分子：深信他们的动机，欢喜地等待殉难。在一个以品味壮观的流血事件来生产一种廉价的崇高的时代中，通过将自己暴露于它，他们沦为当时道德的牺牲品。

犹太人截然不同。拒绝顺应时代之理念，顺应占据世界的巨大疯癫，他们暂时逃离迫害。但代价惨重！由于未能和新狂热分子共同赴难，此后他们都将背负十字架的沉重和恐怖；事实上，十字架是为他们而准备的，而非基督徒，那成了痛苦的象征。

整个中世纪，他们惨遭屠杀，因为他们曾在十字架上钉死一个自己人……没有一个民族因为一次草率，曾付出如此高昂的代价，但可以理解，总的来说，自然而然。至少当我在奥伯阿默尔高观看"耶稣受难剧"的时候，是这样认为的。在耶稣和古罗马当局的冲突中，无疑，公众偏袒耶稣，热泪盈眶。徒劳而奋力地去做这样的事情，在观众中我感到十分孤独。发生了什么？我发现自己在一场审判中，精确的起诉理由令我十分震惊。亚那和该亚法在我敏锐的目光中成体。恪守诚实之道的他们，充满兴趣地面对这一案件。或许耶稣只要求他们改宗。他们的愤怒我感同身受，被指控者的回答含糊其词。每一方面都无可指责，他们运用的既不是神学的借口，也非审判的计谋，而是一种完美的审问。他们的诚实令我信服：

我支持他们，赞同犹大，但他的悔恨令我鄙夷。冲突收场后，我无动于衷。我走出演出大厅时，感到公众用眼泪怀念他是一场延续了两千年的误会。

无论可能产生的结果多么沉重，否定基督教仍旧是犹太人最杰出的功绩，这一否定成就了他们的荣耀。如果说从前他们单独行动是因为必要，今后他们这么做是因为决心，作为极为玩世不恭的弃人，唯一的告诫是他们要反抗他们的未来……

基督徒们，沉浸在他们的良心发作（crises de conscience）中，因其他人都应为他们受难而得意，慵懒在骷髅地的阴凉里。如果他们偶尔尽力重做耶稣受难的每一步骤，他们能设法从中得到多少好处！颐指气使的暴发户，在教堂里他们心花怒放，在他们离去时，无法掩饰他们的笑容，因为不费吹灰之力他们就得到了确信（certitude）。恩宠，不用说，是他们的护身符，一个廉价的恩宠，一个可疑的恩宠让他们免于白费全力。因为谦虚，因为罪孽，因为地狱，救赎的竞技场，救赎的吹牛者和享乐者充满喜悦。如果他们折磨了他们的良心，那是为了得到他们自己的感觉。折磨你们，他们继续获得感觉。一旦他们发现某些犹豫、某些心碎，发现存在某种令人难以忍受的过错或某种罪孽，他们绝不会让你离开，他们会迫使你一展你的苦恼或叫卖你的罪过，同时他们如同施虐狂一般观赏你的忏悔。能哭则哭：他们翘首盼望你的眼泪，急欲痛饮一番，急切涉足你的屈辱，假仁假义且冷酷无情，急于享用你的悲痛。这些有信仰的人都贪婪无度，为了可疑的感觉而四方求索，当他们在外部无法有所发现时，他们会冲向自身。基督徒远非为真理所困扰，反倒惊奇于自己的"内心冲突"，惊奇于自己的恶习和美德，惊奇于他们的中毒之力，十字架的上空飘荡着他们的欢呼声，一名恐怖享乐主义者，联合快感和感觉，一般来说感觉中不会有快感：他是否发明了忏悔的高潮？

虽得天命，但犹太人未因此天赋而得丝毫利益：既无和平，也无救赎……恰恰相反，天命如神之试验，如一种酷刑，强加给他们。一个有天命而无恩宠的民族。因此他们的祷告更具价值，祈祷时他们不会有所辩解。

并非说他们应当谴责全体异邦人（Gentils）。说到底他们没有值得称道的事情：他们只是悄悄成为"人类种族"的组成部分……从尼布甲尼撒到希特勒，都不愿让犹太人得到这种太平；不幸的是，后者没有勇气为此感到骄傲。怀揣一种神之傲慢，他们应当夸口他们的与众不同，面对世界宣称他们当世无双，也不愿寻觅同道中人，唾弃种族和帝国，在一种自我毁灭的冲动中，拥护诽谤者的观点，向憎恨者提供憎恨的理由……让我们放下悔恨，或疯癫。谁敢独自驳斥敌人的论据？此般的伟大，在一人身上尚显不可思议，一民族中亦不可思议。自卫之本能有损个体，同样有损集体。

如果犹太人不得不只面对专业反犹者，他们的悲剧（drame）会因此大打折扣。他们明白反犹不是一时现象，而是一种永恒，今日的灭绝者用着和塔西佗一样的术语……地球居民分成两类：犹太人和非犹太人。如果我们权衡前者及后者的优点，无疑犹太人会获胜；他们不会有充分资格以人类之名言说，也没有资格视他们自己为人类的代表。只要他们对于其他人类种族尚有尊敬，尚有不忍，他们就无法下决心。受爱戴，一个多么美好的想法！他们没有胜算。强自己所难。多少次无功而返的他们，会就此罢休，至少承认他们的失望并非海市蜃楼？

没有任何事件、罪行或灾祸必须要由他们负责。尊敬无度。这并不是说我们必须轻视他们的作用；但，公平起见，我们必须只考虑他们真正的罪过：其中最重要的便是制造上帝，而这位上帝的财富令人遐想联翩。祂身上无任何东西可证明这一成功：尽管祂喜好争论，粗俗鄙陋，反复无常，喋喋不休，但必要时祂符合一个部族的需求；终有一日祂会成为深奥神学的研究对象，高度发达文明的导师，显然，没有人如此预见过。即便犹太人没有用祂来祸害我们，他们也要承担构思祂这一责任。那是他们天赋中的一个缺陷。他们也能做得更好。无论看似多么强健，多么雄壮，他们的耶和华（基督教给了我们一个修订版）必然在我们心里激起一些怀疑。与其说易于激动，妄图强加影响，不如说鉴于祂的职能，祂本应更正确、更卓越，尤其是更自信。种种不确定令他痛苦：他尖叫，他暴怒，他咆哮……莫非那就是权力的迹象？在祂的宏大气魄下，我们察觉到一个篡位者的忧惧，终日预感自己的危险，恐惧自己的王国，恐吓自己的臣民。不断援引法律且要求我们服从法律的人不配这一手段。如果，如摩西·门德尔松所言，犹太教不是一个宗教，而是一个启示立法，那就奇怪了，上帝既是犹太教的作者，也是它的象征，而祂，无疑，不是自己的立法者。对最微小的客观化之努力都无能为力的祂，根据自己意愿分配正义，没有法律能限制祂的胡思乱想和祂的心血来潮。祂是一个好斗胆小的暴君，一个复杂的综合体，是精神分析的一个理想对象。祂放下形而上学，他自身中没有丝毫实质的存在停留，令祂优于世界且满足于那将祂和世界隔绝的间隔（intervalle）。一个小丑，天国的继承者，延续了世间最恶劣的传统，采用极端手段，祂的权力令祂惊骇，感受到的权力的影响令祂傲慢。然而祂的激烈，祂的情绪转变，祂的放肆，祂的间歇爆发，最终吸引了我们，否则祂无法说服我们。不要皈依祂的永恒，祂干涉人间事物，弄得一塌糊涂，散布混乱和骚乱。祂破坏，祂激怒，祂诱惑。无论祂多么精神失常，祂知道自己的魅力，并且用起来随心所欲。但清点一个神的种种缺陷，在《旧约》的那些狂热的篇章里彻头彻尾，有何益处？此外《新约》看似一则可怜的寓言，令人同情。前者的诗意和粗暴，在后者中寻觅将是徒劳，后者中字字句句都是崇高的挖苦，用来讲述"崇高的灵魂"。犹太人反感在《新约》中认识他们自己：那样会堕入幸运的圈套，放弃他们的独特性，选择一种"得体"的命运，万物成为他们的天命的陌路。"摩西，为了和他的民族难舍难分，创立了新的仪式，反对所有其他人类的仪式，此刻，我们尊崇的所有都令人耻笑，我们眼中不洁的所有都令人接受。"
（塔西佗）

"所有其他的人类"——这一统计的论据，古人无疑滥用了，现代人也未能避免：一朝有用，永远有用。我们的责任是正名这一论据，以支持犹太人，运用这一论据建造他们的荣耀。我们太健忘了，他们都是沙漠居民，他们心里仍旧背负着沙漠，作为他们的内向空间，保留至今，保留在"所有其他人类"的人类族谱中惊世骇俗。

或许我们应当补充一下，这一沙漠，远不止构成一个内向空间，实际上还在犹太区内扩大。只要拜访过犹太区的人（最好拜访那些欧洲国家的那些犹太区），无法视而不见植物的欠缺：一片不毛之地，一切干枯荒凉。一个奇怪的岛屿，犹太区，一个无根的小世界，配合它的居民，远离土壤生活，同样远离天使或鬼怪。

"其他民族必然记恨犹太人，"他们的一位同道中人观察道，"怀着相同的敌意，如面粉必然记恨让自己不得安生的酵母。"安生，那就是我们要求的所有；犹太人的要求可能相同：他们被禁止安生。他们的狂热刺痛你们，鞭笞你们，占据你们。作为狂怒与苦涩的典型，他们品味狂怒，品味癫痫，品味异常，以此感染我们，刺激我们的品味，向我们推荐厄运作为一种兴奋剂。

如果他们已然堕落，如人们通常认为的，我们或许会希望所有古老民族都发生这样的堕落……"神经衰弱的五十个世纪"，夏乐·佩居伊（Charles Péguy）曾言。是的，但却是一个亡命之徒（casse-cou）的神经衰弱，而非智力低下（débiles）的神经萎靡，或年老体弱（cacochymes）的精神忧郁。没落，所有文明固有这一现象，然犹太人几乎不知，因为他们的事业在历史中发展，却不具有历史的本质：他们的演变既没有成长，也没有衰老，既没有登峰造极，也没有一落千丈；他们的根扎在无人认识的土壤里；无疑不是我们的土壤。他们毫无自然，毫无植物，没有活力，也没有枯萎的可能。在他们的永恒中有某种抽象，但绝非贫血的抽象——一种魔性的怀疑，因此同时存在不真实与积极，一个令人心神不宁的光晕，仿佛一个逆向的光轮永远使他们独特。

如果他们逃避没落，他们更有理由避免餍足，一个古代民族无一幸免的创伤，一切医治皆表明无效：它腐蚀的只是一个帝国，一个灵魂，一个机体吗？他们奇迹般的毫发无伤。有何能让他们腻烦？他们不知道什么叫暂缓，他们从未有感到满足的时刻，他们厌恶顺利，渴望灾祸，向往灾祸，制造灾祸。无法停留于任何地方，他们必须欲望，必须愿望，必须行动，必须活在焦虑和乡愁中。他们能否固执于一个目标？不会持久：每一事件对于他们都是神殿毁灭的一次重演。崩溃的记忆与景象！停战的萧条不会等着他们。我们痛苦地坚持着一种贪婪的状态，而事实上他们从未从这种状态中露面，在其中感受一种**病态的幸福**，适应一个集体，其中的催眠状态对他们来说是地方的，他们的神秘在神学和病理学的领域内败落，甚至，无法通过彼此共同的努力而得以阐明。

　　他们的深渊使他们走投无路，提心吊胆，他们试图视而不见，试图逃之夭夭，因此他们坚持闲聊：他们侃侃而谈，滔滔不绝……但世上最容易的事情：保持肤浅，停留在自我的表面，他们从未实现。对于他们，交谈就是一场越狱，社交就是一种自卫。想到他们的沉默，他们的独白，我们必然发抖。我们的灾祸，我们生活的重大转折，都是他们的家常便饭，习以为常。时间，在他们看来：或一场危机化险为夷，或一场危难即将临头。如果，通过宗教，我们能聆听创造物**以自己的苦恼**提升自己的这一愿望，无论虔诚或无神，他们皆带有一种宗教色彩，带有一种被细心消除甘甜的虔敬，连同其自满、沉静，连同所有对无辜、软弱、纯洁的谄媚一并清除。那是一种失去天真的虔诚，他们都不天真，换句话说，他们都不愚蠢。（愚蠢，确实，不是他们的通病——几乎所有人都十分机智；那些不机智的人，是极少数例外，他们不会停留在愚蠢阶段，而是深入发展——他们是头脑简单。）

消极拖延的祈祷不合他们的品位；而且会触怒他们的神明，祂与我们的上帝相反，因为祂无法容忍无聊。只有定居者才能安心祷告，不紧不慢；游牧者、狩猎者，必行动迅速，甚至叩首时也是如此。由于他们所祈求的神本身也是一个游牧者、一个狩猎者，祂的信徒因而沾染了他的急躁和慌乱。

当一个人准备屈服时，他们的耐力是一种教导、一个纠正！多少次，在我酝酿失败的时候，我没有想到他们的顽强固执，他们的振奋人心，以及对于存在的不可理解的饥渴！多亏他们，我多少次回心转意，多少次向无根无据的生活妥协退让。然而，我始终对他们公平吗？差得远。如果二十岁时我热爱他们，甚至悔恨没有成为一个犹太人，此后，我无法原谅他们，因为他们在历史中扮演领导的角色，我憎恶他们，怒不可遏，爱恨交加。他们的全在（omniprésence）光辉灿烂，更令我羞于祖国的无闻黯然，我明白，我的祖国注定窒息而死，注定消亡灭绝；同时，我知道，他们将拯救一切，无论发生什么。此外，那一刻，对于他们昔日的苦难我只有一种书本上的同情，而对那些等待他们的苦难我无法占卜推测。之后，考虑到他们的患难和支撑他们的坚决果断，我必须理解他们作为榜样的价值，从中汲取若干理由，用来克制我抛弃一切的欲望。但，在我人生的不同时刻，对于他们的感情，在一个问题上，无论如何我从未改变：我指的是我喜爱《旧约》，对于**他们的**书我始终心怀尊敬，我的狂怒或我的苦涩都是天意。感谢《旧约》，我和他们相通，和他们的悲伤之最相通；再次感谢《旧约》，感谢我从中得到的安慰，令多少个不眠之夜，无论多么冷酷无情，都可容忍。这一点我永远无法忘怀，即便在我看来他们活该受辱。而且，由于约伯和所罗门令人心碎的风趣，他们频频出现，正是这些不眠之夜的回忆令我的感激之夸张变得理所当然。一些人侮辱他们，意味深长地谈论他们！至于我，我不忍心这样做：用我们的标准去适配他们，就是剥夺他们的特权，把他们变成简单的凡人，普通的人类。幸而，他们藐视我们的标准，也藐视常识的研究。反思这些深渊驯服师（对他们的深渊），有人隐约看出其中的优点，他们毫不退让，不屈服于灭顶之灾的享乐，通过沉思他们对于灭顶之灾的拒绝，有人立誓效法他们，明知效法他们徒劳无功，明知我们的命运就是堕入深渊，回应深渊的召唤。尽管如此，通过转移我们的失败意愿，即便片刻，他们也教导了我们同一个令人眩晕、忍无可忍的世界妥协：他们是生存大师。所有长期受到奴役的人，他们独自成功地抵抗意志缺失的魔力。那些储存实力的亡命之徒，待到革命赋予他们公民地位时，相比其他民族，他们占有更重要的天然资金。至少他们自由了，在19世纪中，在光天化日下，他们令世界大惊失色：自征服者时期始，从未有人见过堪与之媲美的无畏，与其比肩的觉醒。好奇的帝国主义，令人意想不到，如晴空电闪。压抑太久，他们的活力爆炸了；自谦的他们，谦逊的他们，突然被欲望虏获，饥渴权力，饥渴统治，饥渴荣耀，他们在社会中表明自己，这些不屈服的老年人给社会注入新的血液，他们的所作所为令觉醒的社会人心惶惶。贪婪且慷慨的他们，混入贸易及知识的每一分支，混入各种各样的企业，并非为了发财，而是为了挥霍，为了浪费，他们都是狂热的赌徒；充满饥饿，永恒的探索者们迷失在日常之物中，束缚于黄金和天国，不停地将一种光耀和另一种光耀混淆——闪耀而骇人的混杂，卑鄙与超卓的旋涡——他们具备了它们的势不两立，它们的真正价值。在靠高利贷生活的那些日子里，他们未秘密研究卡巴拉吗？银币与神秘：心魔保留在他们的现代事务里，这是一种难以解决的复杂，一种力量之源。追击他们，打击他们吗？只有疯子才会冒险一试：他敢孤身面对全副无形武装的他们。

当代史，没有他们就不可思议，他们引荐一种加速的节奏，引入一种上等的喘气，引导一种高傲的呼吸，而且引领一种先知的毒物，其毒性不停地令我们无措。谁，在他们在场时，能保持中立？决不会有人徒然地接近他们。就心理景观的多样性而言，他们每一个都是一个病例。即便从一些方面中我们了解了他们，但他们的迷之内心我们尚远不及。恐吓死亡之人，发现了另一健康之秘，一种有害的健康，一种有益的疾病，他们纠缠你，折磨你，迫使你升至他们的良知之程度，他们的警戒之水平。同他人相处，一切皆变；同他们为邻，昏昏欲睡。真安全，真安静！人们立即成为"我们"，无忧地哈欠，无怖地打鼾。同他们常来常往，人会得到泥土的淡漠。甚至最讲究的文人雅士也会貌似变质的村夫笨人。他们包裹自己，可怜兮兮，用一种绵软的宿命。纵然他们天命在身，终将普普通通。厄运追赶他们：他们的存在同地的存在、同水的存在一样明显，一致公认。多么昏沉的元素。

没有更无名的生命。没有他们，谁能在我们的城市中生存？他们保持一种狂热的状态，没有这一状态，所有居民点都会变成外省。如酵母般有效，如病毒般有力，他们产生出双倍的魅惑感，激起加倍的不适感。在他们看来我们的反应几乎永远混乱：一方面他们高人一等，另一方面他们低人一等，在一个我们从未有过的层面上，用何种明确的行为，我们才能适应他们？因此，一场悲剧性的误会在所难免，而无人对此负责。就他们而言，让自己属于一个特殊的神是多么疯狂，而当他们的目光转向我们的微不足道时，他们又必会感到多么巨大的悔恨！永远不会有人理清我们所陷入的彼此背对的迷网。冲向他们实施援救？我们两手空空，毫无贡献。他们呢，为我们所作的贡献远高过我们。他们从何而来？他们是谁？我们极度困惑地靠近他们：那些面对他们态度清晰的人，否认他们，轻视他们，配不上他们的极端。

值得注意的是：只有失败的犹太人近似我们，是"我们中人"——好似他向我们投诚，向我们古往今来朝生暮死的人性投降。我们必会推论出**那个不成功的人就是犹太人吗**？

他们感到苦涩和无厌，体验清醒与热衷，他们总是孤独的先锋，是**迁移**失败的代表。当一切唆使他们献祭绝望，如果他们不这么做，那么原因是他们计划如同他人那般呼吸，原因是他们患有计划病。在一天中，他们每个人都构想出一个无法计算的数字。逆向于诸变质的种族，他们紧紧抓住当务之急，在可能性中不能自拔：此种新的习惯性行为说明了他们流浪的效用，也解释了他们对所有智性慰藉的恐惧。无论他们定居在哪个国度，他们都会发现自己在精神的顶部。成群结队，他们创制的例外和才能数不胜数，前所未见于任何其他民族。他们不是从事工作吗？他们的好奇心不会因此而满足；拥有热情和爱好的人能去往任何他处，能扩充自己的知识，可以理解最不协调的主张，如此他的传记会牵涉大量的角色，一个前所未有的意志统一了它们。"保持存在"，他们最伟大的哲学家构思了这一概念；在激烈的斗争中，他们征服了此存在。我们理解他们的计划狂躁症：在当前的昏沉中，他们对抗明日之催情。"生成"——仍旧是一个犹太人使这个词成为他哲学的核心概念。两个概念毫不冲突，"生成"终归回到投射和自我投射的存在，回到被希望摧毁的存在。

但是，断言他们在哲学中或此或彼不是徒劳吗？如果说他们倾向理性主义，与其说是倾向，不如说是因为需要反对某些驱逐他们、迫害他们的传统。事实上，他们的天赋适应任何理论，顺从任何思潮（courant d'idées），从实证主义到神秘主义。只强调他们的倾向，分析他们的癖好，就是耗竭他们，是极大的不公。他们是一个日夜祷告的民族。从他们的面容便可察觉这一点，这些面容或多或少因为诵读圣歌而黯然失色。此外，在他们中间，我们只能遇见面色苍白的银行家……此必然颇具意味。金融与《哀悼经》！——不可调和，前所未有，或许这便是他们全部神秘的秘诀。

为爱好而战的斗士，所有民众之最好战者——他们如军事家一般开展业务，从不自认战败，虽常常战败。受诅咒……得祝福，他们的本能与智慧无法中和彼此：一切事物他们都能用作补药，甚至他们的缺点。一边游荡，一边眩晕，他们的前进如何能被宅居者理解？如果相对于后者，他们仅仅在永不终结的失败方面更为优越，在不抵达目的地方面更为成功，那么这些足以确保他们具有一种相对的不朽。坚持他们的手段：**永久破碎**的手段。.

　　活跃的、剧毒的辩证论者，智力神经症的受害人（这完全未损他们的事业，不断推动他们，赋予他们活力，迫使他们活在压力之下），他们虽神志清醒，但都迷恋于冒险。没有什么可令他们后退。懂分寸，一种乡下人的恶习，悠久文明之偏见，协议之本能——他们并不擅长：错在他们的傲慢剥肤椎髓，错在他们的精神好勇斗狠。他们的讽刺，绝非以他人取乐，而是一种社交和任性的形式，散发着压抑的刻毒；是久久酝酿的苦涩；剧毒无比，致人死命。他们的讽刺不会令人开怀大笑，他们的冷嘲热讽是受辱的恼怒和复仇。不得不承认，犹太人的嘲讽天下无敌。为了理解他们，或猜中他们，我们必须失去自我，甚至失去故国，如同他们，成为世界市民，没有国旗，同全世界为敌，效仿他们，学会理解和背叛所有的动机。任务艰巨，因为比之他们，我们都是可怜人，无论我们的劫难是什么，我们都深陷在幸运和地理之中，是厄运的新信徒，是所有种族中的新手。如果说他们没有垄断微妙，事实上他们的智慧形式仍是最令人不安的，也是最古老的。有人会说他们知道一切，始终知道一切，自从亚当，自从……上帝。

我们不应指责他们是暴发户：穿越诸多文明，留下自身烙印的他们，怎么可能成了暴发户？最近也好，临时也罢，他们一无所有：他们晋升至孤独，这种孤独与历史的曙光同步；他们的缺点本身应归咎于他们暮年的生机，归咎于他们滥用巧计及精神的灵敏，归咎于他们无比漫长的经历。他们无视极限之慰藉：若他们具有一种智慧，那便是一种流亡之智慧，教导他们如何能征服一种全体一致的草率，如何能相信自己天命所归，即便一无所有之时——藐视之智慧。然而他们都被称为懦夫！确实，他们无法举出任何壮观的胜利：但他们的存在本身，不壮观吗？他们的胜利，从不间断，令人胆寒，绝无结束的运气！

否定他们的勇气，就是轻视他们的恐惧，低估它的价值和优质，他们的冲动（mouvement）不是退缩之行动，而是扩张之激动，他们的冲动是进攻的开始。因为此种恐惧，与懦弱者和谦虚者的害怕截然相反，已被他们转化成一种道德，变成一种傲慢和征服的原则。他们的恐惧不像我们的恐惧软弱无力，他们的恐惧浓烈，令人艳羡，由数以千计变形成行动的恐惧构成。根据一个由他们妥善保管、秘而不宣的诀窍，我们的消极力量在他们身上变成了积极力量；我们死气沉沉，他们四海为家；令我们故步自封的，令他们前进跨越。他们巡回（itinérante）的恐惧能够克服一切障碍。游牧者，空间岂能满足他们，越过片片大陆，他们追求某种我们无法理解的故土。瞧瞧他们多么轻松自如地走遍各个民族！如此一来，出生在俄罗斯的一个犹太人，此刻成了德国人或法国人，而后成了美国人，或其他任何人。尽管他分身无数，但正身无损；他的个性，他们都具有。否则如何解释他们从头开始的才能，在失望透顶后，作为一个新的存在，掌握他们自己的命运？真是奇迹。观察他们，会令人惊叹，也会令人惊愕。活在世上，他们必然体验过地狱。这就是他们长寿的代价。

当他们开始衰落，且我们相信他们必然失败时，他们恢复镇定，重新站起，不接受失败之清静。驱出家园，出生无国，他们从未为放弃本职所诱惑。但我们其他人，流亡之学徒，新近流离，渴望获得硬化症，获得崩溃的专利权，渴望获得一种没有前途也没有承诺的平静，潜入我们不幸的背后；我们的情况出乎我们的限度；无法适应恐怖的我们，生来为某种幻想中的巴尔干而憔悴，而并非分享一大群独特者（Uniques）的命运。暴食静止，惊恐衰竭，要如何，用我们昏沉的欲望和崩溃的野心，去拥有用流浪制成的锦缎？我们的祖先，耕作在大地上，几乎无法摆脱它。何必匆匆，他们能去往何处？他们的速度就是犁地的速度：永恒之速度……但步入历史就是假定一种最低限度的匆促、急躁和活跃，所有事情都不同于农业民族缓慢的野蛮，这些民族被习惯包围——这项规则，不是他们之特权，而是他们之忧郁。在大地上刨坑是为了能最后更好地在大地上休息，领导着一种坟墓般的生活，这样的人生令死亡似乎是种奖金和特权，我们的祖先留给我们的遗产是他们无尽的睡意，是他们哑然的伤悲，是他们令人陶醉的心碎，是他们半死不活的悠长叹息。

我们都麻木了；我们的诅咒像一针麻醉剂作用在我们身上——它麻痹了我们；犹太人的诅咒具有轻弹的价值——驱策他们前进。他们不是想方设法逃离诅咒吗？一个微妙的问题，也许无法回答。可以肯定，他们的悲剧意识和希腊人的有所不同。在埃斯库罗斯看来，悲剧要么是个体的，要么是家庭的。在希腊人的观念里，没有民族诅咒，更没有集体救赎。悲剧英雄不需要对非人、盲目的命运作出解释：接受命运的法令是他的骄傲。他会灭亡，然后，是他和他的朋友们。但约伯会让他的上帝疲惫不堪，要求祂，传唤祂，解释祂那至高无上的品位，希腊人会嫌弃这一做法，但我们会有所触动，感到震惊。一个鼠疫患者，放荡不羁，破口大骂，向天国提出条件，用诅咒淹没天空——我们怎么能对此保持无动于衷？我们越是不争，叫嚷声就越令我们震颤。约伯，地地道道的犹太人：他的啜泣是一种力量之示威，是一种攻击。"夜间我里面的骨头刺我。"[1]他哀叹道。他的悲叹在一声哭泣中登峰造极，这哭泣越过天穹，令神颤抖。除了我们的沉默和脆弱之外，我们敢于宣扬我们的劫数，我们都是伟大麻风病人的直系后裔，继承了他的悲痛和咆哮。但是我们的声音常常沉默；尽管他向我们展示了提高嗓门的方式，但做不到动摇我们的惰性。事实上，他尽力了：他知道要诽谤谁，或恳求谁，要责备谁，要祈求谁。但我们，该对谁哭喊？对我们的同类？那就荒唐了。口齿不清，我们的叛逆消亡在我们

---

[1]中译取自和合本《圣经·约伯记》30：17。——编注

的唇上。尽管约伯在我们心中激起共鸣，但我们无权将他视为我们的先祖：我们的痛苦太害羞了。我们的恐惧亦是如此。没有意志，也没有胆量去品味我们的害怕，我们如何把它们变成一种刺激、一种快感？战栗，我们做到了；但领导自己的战栗是一种艺术：所有叛逆皆来自战栗。

用言词放肆之恐怖给我们洗脑，要求我们尊重万物，服从一切。如果它意图永远绑架我们，就应该粗暴地对待我们，承诺一个危险的救赎。对于一种持续了二十个世纪的屈膝，我们能有何指望？此刻，我们终于站立起来，我们得到了头晕目眩：徒然得解放的奴隶，或令魔鬼嘲笑，或令魔鬼汗颜的叛逆者。

约伯的刚毅传给了他的同伴：他们像他一样渴望正义，面对不公世界的铁证决不屈服。作为本能的革命者，他们没有克己概念：如果约伯，这位《圣经》版普罗米修斯，同上帝斗争，他们就会同人类斗争……越多厄运浸染他们，他们越会叛逆不幸。命运之爱（*Amor fati*），给英雄主义爱好者的配方，不适合那些命运太多而无法坚持命运观的人。同生活难舍难分，甚至到了想要改革它的地步，在其中创造永福（Bien），取得不可能的胜利，凡适合他们在妄想中确信自己的体系，他们都会蜂拥过去。没有乌托邦，他们就不会盲目，也不会受到刺激狂热崇拜。大肆鼓吹进步观，但不满足于此，他们甚至用一种淫荡而近乎猥琐的虔诚占有了这一观念。通过毫无保留地采用它，莫非他们不想从一种承诺给全人类的救赎中获利，不想从一种普遍的恩宠、一种普遍的殊荣中受益？我们所有的灾难都可追溯到我们开始隐约看见一种改善之可能之时，显而易见，他们不愿承认这一可能。即便他们身陷绝境，他们的思想也会否认这一点。反抗不可抗力，就是反抗他们的不幸，他们越感到自由的时候，极恶越应该束缚他们的精神。在他的粪堆上约伯期望什么，他们所有人期望什么？鼠疫患者的乐观主义……根据一篇从前的精神病学论文，他们提供了自杀的最高比例。如果这是真的，这将证明，对他们来说，生命就是用来尽力摆脱的，他们太恋生而无法绝望**到末日**。他们的力量：宁可终结一切，而不是习惯于绝望或在绝望中喜悦。他们声称自己处在毁灭他们自己的时刻，他们非常害怕屈服，害怕无所事事，害怕表露倦怠。如此之顽强必然来自从天而降。否则我没法给自己一个交代。如果我自己在他们的矛盾中思路混乱，在他们的秘密里晕头转向，至少我能理解为何他们总是密谋宗教精神，从帕斯卡到洛扎诺夫皆是如此。

对于他们为何将死亡、所有流亡的主导思想，从他们的思想中驱逐，仿佛他们与死间没有一点联系，我们深思熟虑过其中的种种原因吗？并不是说死亡令他们冷漠，但，由于驱逐了死亡感，他们设法采取了一种蓄意肤浅的态度。也许，在遥远的时代，对于死亡他们投入了太多关注，他们祝圣死亡，所以见怪不怪；也许他们不会思考死亡，因为他们的准不朽性：唯有短命的文明才会自愿反刍虚无观。无论原因，他们只拥有眼前的生活……于我们其他人而言，那种生活可以总结为一句格言："一切皆不可能。"他们用这句总结来祝贺，来奉承我们的失败、我们的消沉或我们的贫瘠——那种生活在他们内心唤醒了一种障碍之嗜好，他们恐惧解救，畏惧寂静主义的所有形式。如果摩西用佛陀之言，用形而上学的倦怠之语发表演说，分配毁灭与救赎，这些好斗者一定会用石块击毙他。一个人若无法培养抛弃，那他既不会平和，也不会极乐：绝对，如同对所有思乡病的压抑，是一份报酬，只有那些强迫自己放下武器的人才能享受。这种回报厌恶这些不知悔改的好斗者，嫌弃这些诅咒的志愿者，反感这个欲望的民族……若非精神失常，我们怎么会谈论他们的毁灭嗜好？毁灭者，他们？他们应当被谴责，因为他们不是十足的毁灭者。有多少**我们的**希望是他们不用负责的！如果他们都是无政府主义者，他们与在毁灭本身中构思毁灭相去甚远，他们总是追求一种对未来的创设，一种构建，或许不可能实现，但都保有渴望。然后，轻视他们同上帝的盟约，低估这独一的协定，并且他们所有人，包括无神论者，均保留了这一契约的记忆和标记——这是一个错误。这个上帝，无论我们如何努力挑衅祂，祂总是在场的，如同所有的部落神明，是肉欲的，相对有效的，而我们的神，更加普遍，因此更贫血，如同常人，身在远方，毫无作用。旧的圣约，比新盟约更加坚固，如果它准许以色列的子民同他们狂暴的天父提前达成一致，就能防止他们因欣赏毁灭的内在美而变质。

他们用"进步"观，来对抗他们的清醒的腐蚀作用：这是他们所盘算的逃亡，是他们所**意愿**的神话。即便他们，即便这些先觉者，面对怀疑的最后结论，也退缩了。一个人只要不站在自己的命运之外，或不放弃拥有一种命运，就不是一个真正的怀疑者。他们太投入于自己的命运了，所以无法脱身。他们中间没有优质的冷漠者：不正是他们把感叹词引入宗教？即便他们允许自己享受一种成为怀疑论者的奢侈，他们的怀疑论也是一种溃疡的怀疑论。所罗门令人想到一个憔悴且抒情的皮浪的形象……这便是犹太人最清醒的祖先，最清醒的犹太人。他们炫耀痛苦，公开伤口，何等得意！这场信心的假面舞会只是一种自欺的手段。他们冒冒失失，而又令人费解，即使向你说出所有秘密，他们也会逃避你。任何一个受难者，无论你如何描述他的不幸，分类他的痛苦，解释他的厄运——他是什么，他真正的痛苦是什么，仍令你不知所措。你越靠近他们，越会觉得他们不可理解。至于这群灾民，有空你可以观察一下他们的反应，但你会发现你面对的只是大量的未知。

无论他们的心灵多么明亮，一种阴暗的元素存在其中：突然出现，他们突然入侵，他们远道而来，无处不在，始终保持警觉，逃离危险又挑衅危险，带着一种罪犯的癫狂猛然冲向每一感觉，仿佛他们没有时间等待，仿佛怪物（le terrible）正守候他们，就在他们享乐的门口。他们紧抱幸运，利用幸福，既无克制，也无顾忌，如同正在侵犯他人的财物。太过炽热以至于成不了享乐主义者，他们毒害他们的愉悦，挥霍它们，带着一种匆忙、一种疯狂，致使他们得不到丝毫慰藉：从匹夫到贵族，在词语的每一个意义中忙忙碌碌。**随之**而来的心魔困扰他们；然而，他们的生存之道——没有先知的时代，亚西比德时代，奥古斯都时代，或奥尔良公爵时代的固有特征——存在于当前的全部经验中。他们不会崇尚歌德风（goethéen）：瞬间，即使是最美的事物，他们也绝不会试图留住。他们的先知不断召唤上帝的雷霆，想要消灭敌人的城市，这些先知知道如何谈论**灰烬**。他们的疯狂必然令圣约翰受到启发而写作了最令人赞赏的晦涩难懂的古书。产生自奴隶的一个神话的《启示录》，意味着所能想到的最具欺骗性的清算。公诉、恼怒及有害的未来就是那里的一切。以西结、以赛亚、耶利米准备好场所……善于夸耀其失调和幻觉的他们，用一种从未有过的技艺侦查战场：他们有力且不清的精神从旁协助。于他们，永恒是用来抽搐的一个借口，永恒就是一种痉挛：他们呕吐诅咒与圣歌，在一个贪求歇斯底里的神的注视下扭来扭去。这就是一种宗教，在其中人和造物神的种种关系在一场形容词的战争中完结，在一种不让人思考，不让人强调和纠正分歧的紧张中断绝，这是建立在形容词之基础上，在语言之成果上的一种宗教，其中风格构成了天国与大地唯一的连字符。

如果这些先知、尘埃的信徒、灾难的诗人，总是预测大祸，那是因为他们既不能依靠一个安定的现在，也不能依靠一个随便的未来。让人民远离偶像崇拜，以此为借口，他们发泄愤怒，折磨人民，使人民和他们一样狂暴，一样恐怖。因此必须纠缠人民，用磨难使他们独一无二，不让他们建立一个凡人的国家，不让他们组成一个必死的民族……他们用呐喊和威胁，成功地使人民在痛苦中获得权威，获得流民的神态，变成失眠者，让原住民愤怒，扰乱他们的鼾声。

如果有人提出，就本性而言他们都是寻常人，我应该说，就他们的命运——一个绝对的命运，一个在纯粹状态中的命运——而言，他们都是特异人，命运，赋予他们力量和放肆，将他们提升到自身之上，夺走他们成为闲人的全部天赋。有人可能又会提出他们不是唯一用命运来定义他们自己的人，德国人同样如此。确实，但我们忘了德国人的命运，如果他们有命运可言，也是新近的命运，说到底就是一出时代悲剧；事实上，说到底是两种紧密联系的失败。

此二民族，虽暗中情投，但从未意合：日耳曼人，一群宿命暴发户，如何能宽恕犹太人的命运优越于自己的命运？迫害都生自憎恨，而非轻蔑；憎恨是一种谴责，没有人敢用到自己的身上，憎恨是一种偏狭，不能容忍自己的理念具现在他人的身上。当一个人渴望离开地方，渴望成为世界的统治者，他就会攻击那些不再被边界束缚的人：他想要他们的漂泊天赋，想要他们的全在（ubiquité）天赋。日耳曼人对他们恨之入骨，憎恨他们梦想成真，实现了一种德国人无法达成的普遍性。他们也想成为天选者：他们注定一无所有。试图逼迫历史，意图逃避它和超越它，他们陷入历史，越陷越深，末日临头。自此，失去所有机会，无法升华成一种形而上学或宗教的命运的他们，沉沦在一场宏伟（monumental）而无用的戏剧中，既无神秘，也无超越，神学家和哲学家对此无动于衷，只有历史学家兴致勃勃。如果他们在选择自己的幻想时更艰难一些，他们本会贡献出一个榜样，而非一个最伟大的第一个失败的国家。选择时间就是堕入时间，把自己的天赋埋入时间。成为天选者，既不靠决议，也不靠法令。更不靠迫害那些和永恒共谋的人。既非天选，也非天罚，德国人追捕的那些人能够理直气壮地宣称：在遥远的未来，日耳曼人扩张的最高潮，也仅仅是犹太人史诗的一个片段……我要说：犹太史诗，不就是一系列的奇迹和英雄事迹，不就是一个部落的英雄主义，在其苦难之中，用一种最后通牒不断威胁他们的上帝吗？史诗的结局无法预料：它会在**其他地方**写就吗？还是会采取一种灾难形式，成为我们恐惧之敏锐的漏网之鱼？

祖国是一种时刻存在的催眠剂。我们不能充分嫉妒，或充分同情，那些没有祖国或暂时拥有祖国的犹太人，以以色列为首。无论他们做什么，无论他们去哪里，他们的任务是保持警戒；自古以来的侨民身份命令他们这么做。他们的命运无法解答。虽无药可医，但尚有些安排。迄今为止，这是他们的最佳发现。此种情况会持续到时间的尽头。而他们也将不灭的厄运归功于此种情况……

总之，他们虽依恋此世界，但从未真正属于世界的一部分：在他们经过尘世时，存在有某种非尘世的东西。他们为了在远处见证一场真福景观而保持着某种怀旧？他们必**看到**了什么而躲避我们的知觉？他们的乌托邦瘾只是投射到未来的一个记忆，是转变成理想的一个遗迹。但这就是他们的命运，纵然他们憧憬天堂，渴望冲撞叹息之墙。

他们形容哀婉，吸食悔恨，信仰懊悔，将悔恨制成一种兴奋剂，变成一种补给，一种征服的手段，经过历史的迂回，他们征服了他们的原初之福和古代之乐。他们正涌向幸福，他们正向着快乐跑去。他们的跑动借给他们一种既鬼魅又辉煌的气质，既令人胆寒又令人心动，我们都是落伍者，一早就舍弃了一场闲人的命运，永远不会信仰我们的悔恨之**未来**。

文学在绝路上

我一直认为，亲爱的朋友，在你所钟情的地方，练习冷漠、实践轻蔑、锻炼沉默。我大吃一惊，听说你准备为它写一本书！即刻，我看见一头未来的怪物浮现于你的体内：那位你将成为的作者。"多了一个迷途者。"我心想。出于害羞，你克制自己，未询问我失望的缘由；同样，我不能信口开河。"多一个迷途者，多一个毁于天赋的人。"我不停地自言自语。

深入文学的地狱，你将明白文学的诡计及其剧毒；为避免直接的、对于你本人的扭曲，你将只拥有形式上的体验，间接的体验。你将消失在词语中。文学作品将是你唯一的话题。至于文人，你无利可图。你会发现这一点，但为时已晚，你的锦绣年华都已挥霍在一个没有密度也没有实质的环境中。文人？轻言之人，贬损自己的穷困，泄露自己的悲惨，复述自己的苦难：寡廉鲜耻——卖弄隐念——是他的规则；他**出卖自己**。天赋必然与放荡并进，卓越者无一不贫乏——磨灭自己及自身之私密的人，鄙视炫耀秘密：所表达的情绪必然是一种因讽刺的痛苦，一种于幽默的侮辱。

保守自己的秘密，这是最大的成就。秘密，折磨你，销蚀你，**威胁你**。忏悔，即便上帝听到，也是一种谋杀，谋杀我们自己，谋杀我们存在的动力。各种各样的烦恼、耻辱、恐惧，宗教的或非宗教的疗法想让我们摆脱它们，构成一份我们不惜一切都要保护的遗产。我们必须保卫我们自己，对抗我们的治疗师，即便我们因此丧命，也要保住我们的疾病，保存我们的原罪。忏悔室：以天国之名强暴良心。另一种强暴则是精神分析！世俗的忏悔室，淫乱的告解场，不久将在街角设置：除了犯罪团伙，每个人都渴望拥有一个公用的灵魂，一个公开的灵魂。

因创造而力竭，作为一个阴影残破的幽灵，文人，每写一个字，就减损自己一分。唯有他的虚荣用之不尽；如果文人的虚荣是心理上的，它将有限：因为自我是有限的。但文人的虚荣是宇宙般的，或魔鬼般的：它将吞没他。他的"作品"是他的执念；他会不停暗示他的作品，仿佛，大地上，除了他自己，没有任何东西值得他关注或好奇。任何一个厚颜无耻品位恶劣只谈论其创作的人我都希望他不得好死！有朝一日，参加一次文人午宴，你就会明白，为何我隐约觉得设立一个文人的圣巴泰勒米节迫在眉睫。

伏尔泰，第一个把自己的无任当作一种技艺、作为一种方法的文人。在他之前，作家，欣喜于置身事外，更加谦逊：在一个狭小的空间里精耕细作，坚持不懈，立场坚定。记者，则完全不同，关注某些孤独的趣闻方面：他的轻言**毫无效果**。

有了我们的吹牛者，事情就变了。任何令时代感兴趣的主题都难逃他的讽刺挖苦，他的一知半解，他对哗众取宠的渴求，他普遍无限的庸俗。在他那里除了他的风格，一切都不纯粹……他的肤浅铭心刻骨，对于**本质**，对于真实本身呈现的价值毫无知觉，用文学开创了意识形态的流言。他的饶舌癖、教训癖，他的门卫智慧，使他成为原型，文人之典范。由于他坦言了他的一切，榨干了他的本性，因此他不再令人不安：我们阅读他，又无视他。另一方面，关于帕斯卡，我们确信他没有坦言他的一切，即便在他激怒我们的时候，于我们而言，他从不是一名作家。

一旦著书就和原罪脱不了关系。因为书如果不是天真的丧失，不是一种侵略行为，不是人类堕落的重演，又是什么呢？出版某人的缺陷，是为了取乐或发怒！这是一种暴行，同我们的内心有关，是一种亵渎，一种玷污。也是一种诱惑。我没有胡言乱语。至少我有借口憎恨我的行为，有借口行动而不相信我的行为。你是我见过最正直的人：一旦著书，你就会信仰你的书，就会信仰词语的真实，信仰那些幼稚而猥琐的虚构。我的厌恶非常之深，文学之一切，在我看来，都是一种刑罚；我要试图遗忘我的一生，因为我害怕讨论文学；否则，无法达到醒悟之绝对，我要判决自己承受一种忧郁的轻浮。但，我的本能零零碎碎，迫使我抓紧词语。沉默不堪忍受：要何等强壮，才能立足于不可言说的简明中！放弃面包比放弃说话容易。可惜，口语成空语，成文语。甚至思想都走向文学，一直在准备张扬，准备夸张；用尖刻阻止它，缩略成警句或趣言，便是在反对它扩张，反对它冗长，反对它过量。由此产生体系，由此产生哲学。

痴迷简明，精神麻痹，因为精神**总体上**需要词语，没有词语，精神将转向自身，反刍自己的虚弱。如果说思考是一种复述之术，一种怀疑本质之术，那是因为精神是教员，是智慧之敌，是悖论痴迷者之敌，是随意定义者之敌。 恐惧平庸，恐惧"普遍有效"，他们损坏了事物的偶然方面，损害了对任何人而言都毫无必要的事实。喜欢一种粗略但有趣的方法，而非一种明显但乏味的推理，他们不会渴望在虚无中得到理性，他们牺牲"真实"娱乐自己。真实不堪一击——为何他们会严肃对待那些想要证明其坚固的学说？每一方面，他们都是麻痹的，因为害怕厌倦，害怕感到厌倦。此惧怕，如果你屈服于它，将累及你的事业。你尝试写作；即刻，你的读者的形象便站在你的面前……于是你将投笔。你意图发展概念，但你力所不及：研究有何用，钻研有何用？只一个公式就能表达它？此外，对你已知晓的，又该如何阐述？若是为一种语词经济所扰，你在未探明其中的诡计与赘疣前，将既不能阅读也不能重读任何一本书。即便你频频回顾的作者，你终会发现他鼓吹句子，囤积篇章，为制服一个概念、伸展一个概念而疲惫不堪。诗歌、小说、随笔、戏剧——你会觉得它们都太长了。作家——那是他的职责——言不必之言：他扩充他的思想，并用词语掩饰它。一部作品中，能保持鲜活的也只有两三个瞬间：如同在一片混杂中闪现出的灵光一样。你想知道我的真实想法吗？每个词都是**多余的**。然而，写是重要的：让我们继续写……彼此欺骗。

倦怠废除精神，使之肤浅，使之错乱，侵蚀内里，使之破碎支离。一旦倦怠控制你，就将日夜伴随你，因为我记得它多久，它就陪了我多久。没有一刻没有倦怠，倦怠在我左右，在空气中，在我的言说中，在他人的言说中，在我的脸上，在所有人的脸上。倦怠，既是掩饰，也是实质，既是假象，也是真相。我的倦怠，生死与共。倦怠把我变成了一个耻于高谈阔论的人，变成了一个理论家，研究老年人和青年人，研究娘娘腔和形而上学的更年期，变成了一个造物的残余，一个满目幻觉的傀儡。无论分给我多少份额的存在，它都会被倦怠消磨，如果还留有一些存在的残余，只因为倦怠需要某种物质才能作用……虚无在行动，它洗劫思想，使思想成了一堆碎裂的概念。倦怠无法阻止观点与另一个观点**关联**，无法孤立，也无法碾碎观点，以至精神活动堕落成一系列断续的瞬间。倦怠经过，撕扯概念，撕裂观点，撕毁感觉。倦怠把圣徒变成了宗教业余爱好者，把大力士变成了弱不禁风者。倦怠是一种疾病，蔓延至宇宙**之外**；你必须逃离它，否则你只能构思一些荒谬的计划，类似倦怠将我逼入绝境时我的那些计划。我梦想有一种刻薄的思想，它能渗入万物，瓦解万物，钻入万物，穿越万物——我梦想有一本书，它的音节攻击书页，消灭文学和读者，我梦想有一本书，它既是文人的嘉年华，也是他们的启示录，是词语瘟疫的最后通牒。

在一个必须成为模仿者的时代，你雄心扬名令我费解。比较是不可避免的。拿破仑，在哲学及文学层面，有些与之相当的对手：滥用其体系的黑格尔，解放自由的拜伦，**空前**平庸的歌德。今日，我们将徒劳地寻觅堪比冒险家，堪比世纪暴君的文人。假设，策略上，我们得知了一种未知的疯狂，那么在精神的领域中只有微小的命运才会坐立不安；征服者不用笔：简单来说，只有早产儿、癔症者才会用笔。我们从未有过一部衰败之作，一个地狱中的堂吉诃德，而我担心我们以后永远不会拥有。时代越臃肿，文学越憔悴。我们都是小人物，将被空前的浪潮淹没。

显然，为了复苏我们的审美幻觉，我们需要一种数世纪的苦行，需要一种沉默考验，需要一个没有文学的时代。当前，我们要破坏所有的文学样式，把文学推向否定文学的极端，拆散所有精彩的作品。如果，在此事业中，对于完美我们表现出一些担忧，可能我们将创造出一种新的破坏艺术……

脱离风格，无力协调自身溃乱的我们，不再与希腊的联系中界定我们自己：它不再是我们的参照点、我们的乡愁或我们的悔恨；它已在我们心中熄灭……就像文艺复兴那样。

从荷尔德林和济慈到沃尔特·佩特，19世纪既善于反对它的黑暗，也善于反对古腔古调，反对启蒙疗法，反对天国。这是一个伪造的天国，不言而喻。重要的是天国被渴望，即便只是为了反对现代性及它的种种怪象。我们可以把自己献给另一个时代，用悔恨的暴力紧扣这个时代。往昔**尚未失灵**。

我们不再拥有往昔；或者说，往昔中属于我们的，一点不留；不再有天命的国度，不再有骗人的救赎，往昔不再庇护我们。我们的前途呢？不可能理得清：我们都是没有未来的野蛮人。表达不是一种尺度，无法同事件较量，无法制造书籍并为此沾沾自喜，这便构成一种最为可悲的景象，有什么必要驱使一名写了五十本书的作家再写一本？为何如此多产，如此惧怕为人忘却，如此堕落人格，卖弄风情？唯有穷困的文人，写作之奴隶，文笔之劳工，才值得我们宽容。用任何方法，都不再有构思，文学中没有，哲学中也没有。只有靠两者为生的人，物质上彼此融洽，才能陶醉其中。我们进入了一个形式崩溃的时代，创造倒退的时代。如今任何人都能兴隆。我无法预测。野蛮面向所有人：人们足以发展对它的品位。我们将愉快地拆除一个又一个世纪。

你的书将是什么，我了然于心。你生活在地方上：虽未十分腐败，但焦虑全然，你不知道多少"看法"已经过时。内心戏剧行将结束。怎敢尝试一项始于"灵魂"，始于一种史前无限性的工作？

你的基调——我为之担忧——将是"崇高的"，"令人安心的"，将是见识平庸的，循规蹈矩的，华而不实的。牢记这一点：一本书应当同我们的缺德对话，同我们的独特性对话，同高尚的卑鄙对话，一个"人性的"作家，如果为那些太容易被接受的思想而牺牲，那么他就签署了自己的文学死刑令。

研究那些成功令我们困惑的精神：绝不考虑，他们为不可忍的立场辩护。如果他们尚未磨灭，那要归功于他们的偏狭，归功于他们的诡辩激情：他们向"理性"妥协，令人失望，令人愤慨。智慧危及天资，灭亡天赋。你会理解，亲爱的朋友，为何我担忧你与"崇高"默契。

看似态度积极，实则隐藏优越，你时常责备我，称我"渴望毁灭"。要知道我没有毁灭分毫：我铭记，铭记**即将**，铭记渴望，我渴望一个删除彼此的世界，我渴望站在其现实的废墟上，我渴望一个奔向风格的世界，奔向不寻常的风格，数不胜数的风格，一种痉挛的风格。我认识一位发疯的老妇人，她时时刻刻等待自己的房子开裂倒塌，日夜警惕；逐一巡视，监听异响，因祸事迟迟而狂怒。广而言之，这位老妇人的行为也是我们的。我们依靠一种崩溃，虽然我们不思考它。不总是如此；可以预见，我们的恐惧，一种更为普遍的恐惧的结果，构成了教育之基础，构成了未来的教育学之原则。我相信未来是可怕的。你，我亲爱的朋友，从文之准备微乎其微。我没有令你改弦易辙的才能，至少我希望你有一个神志清醒的开始。缓和你体内作者的急不可耐，适应你自身，释放他，圣若望·克利马古曾言："沮丧加冕僧侣，无与伦比者。"

如果，仔细想想，对于毁灭我略显得意，那么，与你所认为的相反，这种毁灭往往以我自身为代价。不毁灭，必自灭。在所有我憎恨的对象中我憎恨自己，我想象灭绝之奇迹，我粉碎了我的时间，体验到智慧之腐烂。怀疑论，起初是手段或方法，最终在我心里安家，由于成了我的生理之机能、肉体之命运、肺腑之原则，这一疾病我无法治愈，也无法死去。我偏向——千真万确——那些没有任何机会成功或生存的事物。现在你当明白为何我始终关注西方。这种关心在你眼里可笑或疯狂。"西方，你甚至都不是一个西方人。"你向我指出。贪恋忧愁，没有另觅目标，错在于我吗？何处寻觅一种既要放弃又要坚持的意志？我嫉妒西方，它思维敏捷，娴熟死亡。每当我想增强失望，我会思考死亡，一座消极无尽的宝藏。如果我翻开一部法国史，或英国史，或西班牙史，或日耳曼史，它们的往昔和它们的现在，除了让我头晕之外，也让我自负，我至少发现了它们的衰败公理。

我完全没有想要毁灭你的希望：生活负责希望。所有人都一样，将经历一次又一次的失败。在你这个年纪，我有幸认识一些能让我懂事的人，让我为我的错觉而面红耳赤，他们确实教育了我。没有他们，我如何能有勇气面对岁月，忍受光阴？他们的苦涩令人敬畏，他们培育了我的苦涩。他们雄心勃勃，启程征服某种荣耀。失败，等待他们。是敏感，是清醒，还是懒散？我无法确定哪种品质阻碍了他们的命运。他们属于个体阶层，相遇在都城，生活权宜，总在寻找一个地位，一旦发现，则立即否定。相比从其余那些经常往来的人那里得到的，从他们的言论中我得到更多教育。他们多数人心里有一本书，记录他们的失败。为文学之恶魔所诱，他们虽不屈服，但为他们的失败所制，失败充满他们的生活。一般我们称他们为"败者"。他们形成了一种人，我将尝试描述他们，但恐失之简单。他失败而纵欲，在一切中寻觅他的失去，始终准备未来，从未跨过任何事业的门槛。同天使比拼意志缺失，他沉思行动之奥秘，只有一个动机：发现抛弃之秘诀。他的信仰，如果他有信仰，将作为再一次投降的借口，作为预感及渴望毁灭的借口：他搁浅在上帝之中……他反省"神秘"？那是为了让其他人看到他推动自己的耻辱已有多久。他住在自己的信仰里，如同果实中的蠕虫；他与他们一同跌落，只是为了唤醒自己，重拾他遗失的忧愁。若他压抑自己的天赋，那是因为他如此钟爱倦怠；他向自己的过去前进，**以天赋之名**折返。

你会惊讶地意识到，他如此行事，只因他对敌人采取了一种相当奇怪的态度，让我解释一下。当我们有作战之心时，我们的敌人不会让我们远离他们的关注核心及他们的利益核心。他们喜爱我们胜过喜爱自己，他们事事关心我们。反观我们，我们关注他们，我们关注他们的健康，也关注他们的憎恨，只有这样我们才能允许对自己保留一些幻觉。他们救了我们，他们属于我们——他们就是我们。敌人不同，失败之反应也不同。不知如何去保护他们，他最终对他们失去兴趣，越来越轻蔑他们，对他们不再认真。分开很轻松，后果很严重。此后，他将徒劳地试图刺激他们，试图激发他们对他的丝毫好奇，激怒他们，使他们轻率；同样，试图唤醒他们再度同情他的处境，试图保存或激活他们的仇怨，也将是徒劳。没有反对，也就没有认同，他将被囚禁在孤独和枯燥之中。这份我极为珍视的孤独和枯燥，正是来源于我所说的，负责教育我的那些失败者之中。在其他人中间，他们向我显露真理崇拜的内在愚蠢……当真理不再事关于我，我将永不忘却我的舒适。一名犯错的大师，精通所有错误的我，终于能探索一个表象的世界，一个轻浮谜语的世界。别无所求，除了无求之求。求真呢？或一种少年之时尚，或一种老迈之症状。然而由于某种怀乡后遗症，或某种受奴役的渴望，我仍在寻求真理，无意而愚蠢地寻觅着。一秒钟的不经心足以使我再次堕入最古老、最荒谬的偏见。

我正在毁灭我自己，无疑；同时，我在此种气喘的氛围中呼吸，信念在一个受压迫者的世界中创造了这种氛围；我呼吸，以我的风格。终有一天，谁知道呢？瞄准一个想法，射杀它，看它倒下，然后从头开始，射杀另一个想法，射杀全部的想法——此种快乐，你将可能体会；希望关心一个人，希望使他脱离他的旧的欲念和旧的恶习，是为了将全新的欲念和剧毒的恶习施加于他，直至他因此丧命——此种渴望，你将可能体会；使你自己反对一个时代或一个文明，冲向时间，杀死它的每时每刻；然后，转而反对自己，拷问你的记忆和你的野心，而后，毁灭你的呼吸，毒化空气，是为了更好地窒息⋯⋯——此种自由，此种呼吸，是自我之解脱，是万物之解放，终有一日，你将可能体会。然后，你就能参与一切，而不赞同一切。

我的目的是让你警惕严肃，警惕此种无法弥补的罪孽。作为交换，我想给你无用。至此——为何隐瞒它呢？——无用，世间至难之选择，我所说的无用是自觉的，是自修的，是自愿的。据我的推测，我希望以怀疑论之实践来实现无用。可是，最终怀疑论会适应我们的个性，顺从我们的缺点和热情，甚至我们的愚蠢；怀疑论个性化它自己。（有多少种怀疑论，就有多少种气性。）削弱怀疑，反对怀疑，只会助长怀疑；怀疑，疾病之内的一种疾病，执念之内的一种执念。如果你祈祷，怀疑会升级，直至与你的祈祷同一水平；你的谵妄，它会监视，甚至会模仿；在此期间，你眩晕地怀疑。因此，废除严肃一事，怀疑论是未遂的；唉！诗也是未遂的。年纪越大，我越觉得我过分注重诗了。我爱诗歌，不惜健康；我的诗歌之崇拜，我期望至死不渝。诗！唯有这个词，曾使我想象万千宇宙，如今在我脑海里，它所能勾起的只有杂物和杂音，只有恶臭的神秘之幻觉和造作之幻影。应当补充一点：我错在同大量的诗人过从甚密。除了极少数例外，他们严肃枉然，自命不凡，令人憎厌，同样他们是怪物，是专家，全都是形容词的拷问者和殉难者，智力游戏的业余者，他们的洞见，他们的敏感，我太高估了。难道无用，只是一个"理想"吗？那就是我必须恐惧的东西，那就是我永远不会服从的东西。只要发觉自己认同"万物重要"，我就会责备我的心智，挑战我的判断，怀疑我的大脑是否脆弱了、堕落了。我试图挣脱一切，试图拔根助长我自己；为了变得枉然，我们必须斩断我们的根源，必须形而上地成为**异乡人**。

为了辩解你的眷恋，似乎急于担负它们的沉重，终有一日你会主张，在暧昧中超越和进展，于我是易然的，因为，来自一个没有历史的国家，我没有负担。属于一个小国，没有背景地活着，有着卖艺者之逍遥，有着傻瓜之放肆，有着圣徒之洒脱，或有着蛇之超然，盘作一团，数年不食，仿佛一个饿殍之神，其迟钝的温柔下，或隐藏着一些可怕的恒星——我承认，这些都有其益处。

没有丝毫传统，没有丝毫累赘，我培养好奇之心，好奇那不久将成为所有人之命运的异乡病。或自愿，或被迫，我们将体验一种历史的晦暗，体验错乱之需。我们已彼此抵消在全部的自我分歧中。我们的精神，不断自我否定，已失去其核心，消散在态度中，消失在必然且无用的变形中。由此，我们的行为，下流而多变。我们的信与不信，皆为我们的精神所标记。

捉拿上帝，取而代之，乃是品位恶劣而行动冒失，乃是嫉妒者的丢人现眼，空欢喜于袭击一个独特而不定的敌人。无论表现为何种形式，无神论都有失风度，因为相反的理由，护教学亦是如此；它难道不是一种粗俗的态度，不是一种虚伪的慈悲，不是一种亵渎，力求保住上帝，不惜一切确保上帝长寿吗？或爱，或恨，我们容忍上帝，显然我们的焦虑之质量远不及我们的犬儒之粗鄙。

对此事态，我们当负部分责任。从德尔图良到克尔凯郭尔，由于强调信仰之荒谬，一股暗流在诞生，如今它光明现身，泛滥教会。有何信徒，突然清醒，会不自视为荒谬者之仆？上帝曾蒙此难。迄今为止，我们给祂我们的美德，不敢给祂我们的邪恶。祂，有了人性，类似我们：我们的缺点无一不和祂有关。神学之扩大和神人同形之意愿从未达到如此之程度。此种天国之现代化标志了其末日。因为祂的不幸，祂不久后将恢复祂的"无限超然"。

"注意，你可以反驳我，但注意你所谓的'有失风度'。你告发无神论只是为了更好地献身于它。"

在自身上感到太多的时代之污迹：我无法平静地抛弃上帝；与势利小人合流，我反复说着上帝死了，以此娱乐自己，仿佛有某种意义。我们认为以放肆的言行就能摆脱我们的孤独，和孤独中的至高无上的幽灵。事实上，越是孤独，越靠近孤独中的幽灵。

虚无袭来时，根据一个东方的配方，我达到了"空者之空"，恰好，被一种如此的极端惊呆，我不得已而接受上帝，只是出于欲望而践踏我的怀疑，反对我自己，增加我的战栗，在上帝中寻求一种刺激。空者之体验是不信者的神秘学诱惑，是其祈祷之可能，其充实之瞬间。于我们的极限处，一个神出现，或某物取而代之。

我们远离文学：只是表面上遥远。只有词语存在，只有言之罪存在。我推荐给你怀疑论之崇高：此刻我正在绝对者的周围游荡。这是一种矛盾术吗？回想一下福楼拜的话："我是一个神秘主义者，我什么也不相信。"我视之为当代之格言，当代，一个无限紧张的时代，没有实质可言。存在一种属于我们的兴奋：类似冲突**之兴奋**的兴奋。抽搐的精神，不可信者的狂热分子，陷于信条和疑难之间，**出于愤怒**，我们准备就绪，冲向上帝，同样我们绝不会在上帝中麻木度日。

只有专业的异教徒是当代的，他们为天职所弃，同时他们是正统的呕吐物和恐慌。从前，你为你所认同的价值所定义；今日，你为你所抛弃的价值所定义。没有否定之奢华，人只是一个叫花子，一个可悲的"造物"，无法实现其破产资本家的命运，其金融爱好者的宿命。智慧呢？从未有过如此自由的时代，也就是说，从未有过如此自我的人类：一个背叛智慧的存在。作为动物学的背叛者，兽性的迷途者，人类叛逆自然，正如异教徒叛逆传统。异教徒因此是二等人类。所有创新皆是他的作为。他的热情：在原初之点，在同万物别离之点，发现自己。即便他是谦卑的，他也渴望使其他人感受到他的谦卑之效果，并且相信宗教的、哲学的或政治的体系都值得被打破或更新：自置于一个断裂的核心，这是他所求的全部。体制平衡与体制迟钝令人憎恨，他推翻它们，为了加速它们的灭亡。

智者，对于新者，乃是敌视的。醒悟而放弃：这是他的抗议方式。傲慢者隐于**常**，以**退**为进，自我证明。傲慢者渴望什么？克服他的矛盾，或中和它们。如果成功，他就能证明他的矛盾活力不足，就能证明在对抗它们之前他就超越了它们。他的本能使他失败，于他而言，主宰自己轻而易举，在他的宁静之萧条中夸夸其谈易如反掌。

一旦自我陶醉，将无力自拔，既无法冷却我们的矛盾，也无法变走它。矛盾，引导我们，鼓励我们，杀死我们。贤者，超越矛盾，适应矛盾，毫无痛苦，一无所获，前往死亡：他是活着的一个半死者。在别的时代，他是一个典型；于我们，他不过是一个生物学的废品，一个没有魅力的畸形。

你诽谤智慧，因为你不能达到它，因为它是你之不能僭越，你可能会这样想。的的确确如你所想。对此我的回答是成为智者为时已**晚**，也就是说，无论如何，都无济于事，更何况一个相同的旋涡将把我们完全吞没，不论贤愚。此外，我承认，我是我永远不会成为的智者……每一救赎配方，作用于我，如同砒霜：使我精神萎靡，缺点日增，使我同他人水火不容，使我的伤口恶化加剧，而不是在当代经济学上培养一种有益的美德，扮演一个平凡的角色。是的，所有智慧，作用于我，皆如**毒药**。无疑你会认为我认同这个时代太多，我妥协太多。说实话，我赞成这个时代，也拒绝这个时代，用尽了自我中可能存在的激情与不一。它给予我实体化的落幕感。我们必定认为它将不会自行作出结论，认为它将永久保存其永无止境的未完成吗？其实不然。关于将来，我有所预感，而想要知道更多，只要阅读及重读阿拉里克入侵罗马后圣哲罗姆的书信就够了。从中我感受到一个来自帝国边缘的男人在凝视帝国的崩溃和软弱时的震惊和苦恼。沉思他的信件：那是给我们预备的墓志铭。我不知道谈论人之末日是否合理，但我肯定我们至今生活其中的所有虚构都堕落了。可以说历史最终显露出它暗无天日的一面，可以说为了保持不明，一个世界正在毁灭自己。好吧！以我的假设，只有我能阻止此事，但我不会有任何表态，不会有丝毫举动。人类，吸引我，又惊吓我，我，热爱他，又憎恨他，我的激烈用消极惩罚我。我想象不了谁能奋力摆脱自己的宿命。责难人类或捍卫人类都是天真的！那些对人类纯情的人是幸运的：他们消灭了**拯救**。

说来羞愧，我坦白我曾有那种幸运。人类的命运，我曾心心念念，尽管方式和其他人不同。应该是二十岁的时候，在你这个年纪。我反对"人道主义"，我认为——以我尚未受损的傲慢——成为人类之敌是人所能渴望的至高神圣。我渴望用耻辱掩饰自己，羡慕所有那些招惹嘲讽，招致诽谤的人，他们在羞耻之上累积羞耻，不错过任何孤独的时机。因此我终于以犹大为理想，因为，他拒绝再忍受奉献的匿名，他希望用背叛显名。我乐意相信，不是因为贪财，而是因为野心，**他出卖了耶稣**。他梦想与耶稣平起平坐，以恶同耶稣抗衡；面对如此对手，以善，他无扬名之胜算。因为被钉死十字的荣耀他不得僭越，他只能把血田之树，作为耶稣十字的一个复制物。当我同样准备出卖我的偶像时，我所有想法，都在自缢之路上追随犹大。我嫉妒他的声名狼藉，嫉妒他有勇气使人厌恶。成为无名小卒，成为人中一人，太痛苦了！再来谈谈那些日夜沉思着遁世的修士，我曾想象他们正在回味那些或多或少有些失败的暴行和犯罪。我告诉自己，所有隐士都是可疑的：一个**纯粹**的人不会独居。渴望斗室之惬意的人，必然良心沉重，必惧怕自己的良知。令我痛心疾首的是，修道史已为诚实的灵魂所包揽，因为他们既无法想象让自己变得面目可憎是多么必要，也无法体会那种排山倒海的忧伤……如发狂的鬣狗，我期望令所有的生物憎恨我，期望迫使它们结成联盟反对我，要么我粉碎它们，要么它们粉碎我。说实话，我雄心勃勃……从那以后，由于有所改变，我的幻觉似乎丧失毒性，向使人作呕、使人不明、使人惊呆的方面适度地前进。

闲谈末了，我不得不重申我几乎不能辨别你期望在当代占有的地位；为了融入时代，你的灵活是否足够，你那反复无常的欲望是否足够？你的平静感提供不了任何有益的预兆。同样，你前路漫漫。为了清算你的过去，清理你的天真，你需要入门眩晕。对于那些理解在物质上施加恐惧，恐惧使物质飞跃的人来说，这很简单，我们是这一飞跃的最后回响。没有时代，只有恐惧，恐惧在瞬间中发展，伪装成瞬间……恐惧，在我们心里，在我们外面，全在而无形，是沉默与尖叫的奥义，是祈祷与亵渎的秘密。当前，确切来说是 20 世纪，此种恐惧正在怒放，得意于它的征服和成功，正接近它的巅峰。我们的狂暴和犬儒没有盼望中那么多。不要再震惊于我们远不及歌德，远不及最后的宇宙公民，远不及最后的巨大天真。歌德的"平庸"结合了自然的平庸。彻底根除灵魂：成为元素之友。反对歌德的一切，于我们而言，是一种必须，几近一种责任，这种责任会对他不公，会粉碎我们心里的他，也会粉碎我们自己……

如果你无力让自己与此时代共同消沉，让自己低微而遥远，就不要抱怨为这个时代所不解。尤其不要自以为是一名先锋：此世纪不会有光明。如果你执意给世界带来某些创新，那就摸索你的黑夜，或绝望于你的职业。

无论如何，不要指责我口吻武断。我的信念都是借口：凭什么强加于你呢？我的犹豫同样不真；我相信那些不是由我发明的东西，却唯独不相信自己。因此我是真诚的，也感到后悔，硬给你上了一堂不知所措的课。

风格犹如冒险

善于一种纯粹言词的思想艺术的古希腊辩者们，最先开始尽心思考词语，思索它们的价值和它们的属性，思虑词语的功能，使词语受辩论控制：这是发掘风格的首要步骤，这被设想为一个内部的目标，一种内在的目的。剩下的唯有置换此种言词的求索，得到语句和谐的客体，用表达之博弈替代抽象之游戏。思索其法的艺能者对辩者负有责任，根本上，其与辩者类似。两者，于不同方向，逐同一行动之流。停止了**自然状态**的他们，作为词语的机能活着。他们心中原本虚无：他们与经验之源了无羁绊，既无天真，也无"感觉"。如果辩者思考，如此，就能制驭他的思想，就能随心所欲地支配它。因为他不会为思想所裹挟，他根据自己的恣意和算计指挥思想；重视自己的精神，以战略家的姿态出现；他不沉思，他以一个既抽象又造作的计划构思智力活动，在概念中打开缺口，傲气地揭露概念的虚弱或武断地给它们一个固性或一个意义。"真实性"，他几乎不关心：他知道必须掌控那些能够表达真实性的符号，因为真实性取决于它们。

艺能者，同样如此，从词语走向真实者：他的**表达**组成他所能的唯一原始的体验、对称、布局、形式运算的完美，表明了他的出生环境——他住在那里，在那里呼吸。由于他意在耗尽词语的容量，他不仅倾向于表达，而且更倾向于表达性。他生活在一个封闭的世界里，只有通过持续的重生才能逃离贫乏，这种持续的重生假设了一场游戏，在此游戏中细微的差别能获得偶像的维度，且言词的化学能得到匪夷所思的剂量，成为一种天真的艺术。一个如此慎重的行动，若它位于经验的反面，反而将主动靠近智力之极限。它将献身于它的艺能者变成一名文学诡辩者。

在精神生活中出现了这样一个时刻，文体风格自立为一种自治的原则，成为命运。于是，词语，在哲学思辨中，也在文学作品中，显露它的活力及它的虚无。

作家的风格在生理上受到制约；他拥有一种独有的节奏，急剧且顽固。无法想象圣西蒙公爵会因一种蓄意的变形而改变其语句的结构，而拧紧他的句子，而采用简洁。他心中的一切要求他的用语缠绕、朦胧、多变。句法之令必折磨他，如一酷刑，如一执念。他的呼吸，呼吸之节奏，他的喘息，强加给他此种攻克字之铜墙、词之铁壁的流畅而丰富的运动。他心里有一种**长号音**，迥异于法语特色的短笛音。因此这些复句，这些令人惧怕的复句，彼此重叠，增添曲折，厌恶终结。

反之，想想拉布吕耶尔，想想他的语句裁剪法，想想他的缩减法和停顿法，如何注重划清语句的边界：分号是他的执念，他的灵魂里存有标点。他的观点、感情都被**摆**了出来。他不愿意恳请它们，担忧激怒它们或激化它们。由于他的呼吸是短促的，他的思路是清晰的，所以他宁可留在天性里，也不走出天性。天性上，他支持一种在智力符号中特殊化的语言之天赋，因为非智力的都是可疑的或无用的。这一天赋因其自身的完美而注定枯燥，不适合理解和翻译《伊利亚特》与《圣经》，莎士比亚与《堂吉诃德》，清除所有的情感义务，也就是免除它的起源后，这一天赋拒绝原始性的和宇宙性的，拒绝先于或超越人类的一切事物。但《伊利亚特》、《圣经》、莎士比亚或《堂吉诃德》具有一种天真的全能，它们既位于人类现象之下，又处于人类现象之上。崇高者、可怖者、亵渎声或尖叫声，法语接近它们只是为了用修辞歪曲它们。法语，既不适合疯狂，也不合适粗俗的幽默：阿喀琉斯和普里阿摩斯，大卫王、李尔王或堂吉诃德，为一种使他们显得蠢笨可鄙或可恶可怕的语言严密所窒息。他们有某些不同，但他们活着——这就是他们的共同特征——在**灵魂**的层面上，为了自我表达，需要一种忠于反应、与本能绑定，而非脱离肉体的语言。

不羁的异邦人频繁使用习语，因习语的可塑性给予他一种力量无限的幻觉，他热衷即兴，钟爱无章，不善清明而偏爱淫侈或浊昧，他如果羞见法语，那会将其视为一救赎之工具，一种苦修，一种疗法。通过实践法语，他用过去治愈自己，学会献出全部的晦涩之基金，不再依靠它，他变得简单，变成**他者**，放弃荒唐，克服旧患，他一而再地将就常识，将就理性；此外，失去了理性，人如何能使用一种由理性操持，甚至被理性滥用的工具呢？人——或者说诗人——怎么会发疯，在一种这样的语言里？所有其词语似乎都意识到了它们所译之意：清晰的词语。为了诗学目的而使用它们是一场冒险，或者一种殉道。

"像散文一样美。"一句法式玩笑，似乎有这样的说法。宇宙简化成语句的布局，**散文犹如独一的真实**，词语退到自身中，摆脱物体和世界：自我中有响声，与外部隔绝，悲惨的自我性为一种陷于自我完成的语言所有。

一旦思考我们的时代之风格，就无法不质问它的腐烂之原因。现代的艺能者都是隐士，或为自己写作，或为公众——对此他没有明确的概念——写作。艺能者，与一个时代结合，尽力表达时代之特征；但此时代必然**无面**（sans visage）。艺能者，不识其听众，不忆其读者。17世纪及后一个世纪中，作家显然有一个小圈子，他知道其必要性，也知道其微妙和敏锐。品味之规则，真实而无形，限于其可能性内的他无法摆脱。沙龙审查，比当今的评论严厉许多，允许完美而罕见的天赋绽放，苛求雅致，苛求小巧者及精美者。

闲人施压于文学，品味由其压力而成，尤其是某一时期，社会精雅至足以将它的基调赋予文学时，品味成形。想想从前，一个蹩脚的隐喻就能使一个作家声名扫地，一个不当的词语就能使知名院士丢尽脸面，在高级妓女面前说上一句俏皮话就能谋得一份差事，甚至得到一座修道院（这就是塔列朗的作为），我们就能算出现在和那时的差距了。品味之恐怖已止，风格之迷信同之。抱怨存在，既荒谬，又无用。在我们的背后有一个十分坚固的庸俗之传统；艺术，必须适应它，必须服从它，否则就只能在绝对主观的表达中隐居。为全世界（所有人）写作，或为一个人写作，任何人都需要根据自己的性格做决定。无论做了什么决定，我们都确信在我们的道路上不会有恐吓，即昔日的品味之祸。

　　散文病毒，诗意的风格能隔离它和消灭它：诗意的散文是患病的散文。此外，它总是过时的：感动一代人的隐喻对下一代人而言显得荒谬透顶。如果我们阅读圣埃弗雷芒、孟德斯鸠、伏尔泰、司汤达时，觉得他们似乎是当代人，那是因为他们既没有因抒情而犯罪，也没有因想象泛滥而作孽。由于散文具有供词的特性，散文家当克服自己的第一冲动，抵抗真诚的诱惑：品味之祸，祸从"心"出。我们心里的人民当对我们的放荡和极端负责：有何者比观点更庸俗？

作为不可感知的约束之总量，剂量之常识，比例之意义，作为对我们的天赋所保持的一种警惕感，一种关乎词语的谦逊、品味，都是作家之特性，作家绝不会被对"深刻"的渴求所损害，为了一种贫血病而牺牲部分力量。品味，默然离去，在我们的世纪里绝迹。那个人人都不可思议的肤浅的时代，一去不返。精雅者没落，风格必然没落，秀丽的风格、复杂的风格，都将粉碎在自己的丰饶之下。如有过，谁之过？可能我们应当归咎于浪漫主义，但浪漫主义本身不是普遍衰退的一个结果，不是以**精雅者为代价**的解放的一个成就。说实话，18世纪的精雅，如不落窠臼，如不矫揉造作，如不机械僵硬，就无法长存。

一个江河日下的国家（民族），其所有领域萎靡衰弱。"每一个体或每一国家（民族）的衰落，"据约瑟夫·德·梅尔斯特的观察，"都由其语言中精确比例的衰落所预告。"我们的残缺沾染了我们的文风；一个国家，若其本能越来越不确定，会在这个国家的所有领域中带入一种相对应的不确定。法国，一个世纪以来，抛弃了完美这一悠久的观念。罗马，同样如此：其力量的晦暗和拉丁语的寡淡同时出现，温顺的拉丁语服务于与天赋对立的学说和妄想，沦为一个工具，为教会所垄断。塔西佗的语言被歪曲，成庸俗，被迫忍受关于三位一体的胡言乱语。词语之命运，同帝国之命运。

沙龙时代，法语得到一种枯燥及一种透明，这使其成为普遍。当法语开始晦涩，开始谈论自由时，其稳固受到损害。法语最终以牺牲其普遍性为代价，解放了自身，如同法国，向着其昔日、其天资的对立面演进。这是双倍的解体，无可避免的解体。在伏尔泰的时代，每个人都试图像所有人那样写作；但所有人都在完美地写作。今天，作者想要自己的风格，想以表达使自己个体化；作者摧毁自己的语言，违反其规则，破坏其结构，毁坏其卓越的单调，以此达到目的。想要避免此过程是愚蠢的；我们当资助它，无视我们自己，而它必然如此，受文学之死刑。法语衰落的那一刻，让我们宣告我们是其命运的连带者，让我们利用其所展现的深刻，如同利用其所展现的顽强，在它克服其极限的谦虚时。非议其迷人的暮秋，非议其最后的阳春，徒劳者莫过于此。尽力欢庆吧，幸亏我们生活在这样一个时代：在任何意义上，词语解放了自己，无拘无束，而且意义不再构成一个要求或一种执念。毋庸置疑：我们正在目睹一种语言的壮丽分崩。其未来呢？有可能它将领悟某些迸发而出的精巧，或更有可能的是，它将因服役于现代教会而丧命，这比古代的那些语言更加糟糕。一种飞驰的临终剧痛可能也是其命运。无论它是否走向衰退状态，我们仍会看到不止一个法语单词正在失去其剩余的活力。散文的天资将流向其他的习语吗？

作为词语之国，法语借由自己所构想出的那些顾忌，为自身辩护。它留存了这些顾忌的痕迹。有一份杂志，创于 1950 年，作为半世纪之总结，引述了每一年的主要事件：德雷福斯案的结局，威廉二世访问丹吉尔，等等。于 1911 年，只有这样的记录："**虽然法盖承认……**"谁曾如此关切语言，关切其日常之生活，关切其存在之细节？法兰西，热爱其语言，以至于染上恶习，以至于不惜万物。我们认识之可能性之怀疑，法兰西，几乎不是，构成我们怀疑的我们的可能性，因此它以转译我们对于其某些方面的误解这一模式吸取我们的真理。在每一精妙的文明中真实和言辞之间存在着一种根本的分离。

在绝对者中谈论没落，毫无意义；与一种文学及一种语言相联结的文明，只和那些热爱文学及热爱语言的人有关。法语正在恶化吗？唯有那些警报者才会视之为独一无二、不可替代的工具。于警报者而言，在未来能否发现另一种多顺手而少苛求的习语，无关紧要。热爱一门语言，就不会让它忍辱偷生。

两个世纪以来，所有的原创性都由对经典性之反对来表现。既没有新的形式，也没有新的公式，能起到反对经典的作用。消灭现成者，在我看来，就是现代精神之趋向。无论何种艺术部门，其中的每一个风格，都以反对现成的**风格**来表现自己。正是通过暗中破坏理性观、秩序观、和谐观，我们获得了自己的良心。浪漫主义，卷土重来，只是飞向最丰饶者的分解。古典的世界活力不再，我们必须震撼它，注入一种未完成之暗示。"完美"，不再搅扰我们：我们生命的节奏使我们对它无感。为了创造一部"完美的"作品，作者必须等待，必须活在其中，直至它取代世界。完美的作品远非一紧张之创作，它是消极之产物，能量之结果，经过了长期的积累。但我们挥霍我们自己，我们都是没有储备的人；有储备，则不可能贫乏，则进入创作之自动，适合任何作品，适合所有成功一半的作品。

理性，正在消亡，不仅在哲学中，也在艺术中。于我们而言，拉辛的人物太过完美，似乎属于一个几乎不可想象的世界。甚至菲德尔也看似诏媚："看着我优美的苦难。我看你不敢尝试相同者！"我们不再受那样的苦难；我们的逻辑已改头换面，我们已学会行事无凭无据。这是因为我们的暧昧者之爱，我们的态度之朦胧者，我们的怀疑之不明者：我们的疑惑，不再为我们的确信所定义，而是由其他更加**持久**的疑惑所表明，我们必须显得更加柔顺一些，更加脆弱一些，仿佛我们的意图，对一真理之建立毫不关心，只是为了创造一个虚构之等级，一个谬误之阶层。至于"真理"，我们憎恨它的限度，总的来说，它如同我们的妄念之制动，或我们的求新之刹车。如今，古典者，在一个孤独的方向追逐其深化之功，为了自己而怀疑全新者，怀疑所有原创者。

我们渴望空间，不惜代价，即便精神将献祭其法则，牺牲其陈年的要求。有些证据我们必须不顾一切地掌握，但我们必不真的相信它们：它们只是参照点。我们的理论，如同我们的态度，是我们的讽刺给予它们活力。而此讽刺，位于我们生机之根源，阐明为何我们提前分开我们的脚步。所有的古典主义在其自身中发现其法则，并掌握它们：古典主义，活在一个没有历史的当前中，我们，则活在一段阻止我们拥有一个当前的历史之中。因此，不仅我们的风格，而且我们的时代本身，都是支离的，都是破碎的。若不打破我们的思想，平行方向上，就不能打破我们的风格：在同自身的永恒的斗争中，准备废除自己、准备灰飞烟灭的我们的理念粉身碎骨，如同我们的时代。

如果在一个作家的心理节奏和其创作方法间存在一种关系，那么在其世俗的世界和其风格间更有理由存在一种关系。古典作家，一种线性时间的居民，界线分明，不会越境，他如何能实践一种颠簸的、冲撞的风格？他节约词语，定居在词语里。而这些词语为他映照永恒的现在，此完美的时态属于他。但现代作家，在时间中不再有地位，必然钟爱一种痉挛的、癫痫的风格。我们可能对此种情况感到惋惜，以苦涩评估因古代偶像所受的蹂躏而造成的停滞。我们依然不可能信奉一种"理想的"风格。对于"短语"的误解涉及文学的一整个部分：这部分投机"魅力"，利用诱惑之法。那些再度求助于此法的作家，仿佛他们愿意永续一个过时的世界。

每一风格之崇拜都是一种信仰，相信真实甚至比其言辞的形象更加空洞，相信一个观念的口音比这个观念更有价值，相信一个巧妙的借口比一种信仰更有价值，相信一个艰深的表达比一个突然的轻言更有价值。每一风格都表达了一种辩者的激情，文字之辩者的激情。一个匀称的短语，其平衡令人满意，或其音质令人自负，背后却时常隐藏着一种精神病，天才因无法以**感觉**达到原初世界而苦恼。风格同时是假面和供状，有何惊奇？

超越小说

　　动用其所有的缺陷，创造一部作品，以隐藏自己，一开始艺能者就没有打算将自己的生活暴露给公众。我们想象不了但丁或莎翁会录其生活之琐事以供他人认识。或许他们倾向于给出一个假象，以说明他们曾是什么。他们所具的力量之谦逊，是残缺的现代人不再具备的。私密日记和小说具有一种相同的失常：呈现人的一生有何趣味？始于其他作品的作品或依赖其他精神的精神有何趣味？与白丁来往，我体验到一种真实感，一种存在之战栗：比起德国的教授或巴黎的滑头，喀尔巴阡山脉中的那些牧羊人留给我的印象更加强烈，我曾在西班牙见到一些流浪者，我乐意成为他们的圣徒传记者。于他们，不需要发明一种生活：他们**活着**；文明社会不会发生这样的事情。显然，我们不会知道为何我们的祖先不把自己关在洞穴之中。

任何人都会将某个命运归于自己，因此任何人都能描述自己的命运。"心理学显明我们的本质"这一信仰必然会使我们专注自身的行为，甚至认为它们具有一种固有的或象征的价值。"情结"这种伪高尚随后而来，指教我们放大我们的渺小，使我们为这种微不足道所迷惑，使我们用才智和深奥满足自我，因为它自身明显不足。然而，我们对无用的深切感受，仅被部分动摇。强调其人生的小说家，在我们看来，只是假装信仰他的人生，他对于其人生中所发现的种种隐秘毫无敬意：他没有被其人生愚弄，我们，他的读者，更加没有。其人物属于二流人类，不知廉耻，低能弱智，因他们的手段及诡计而令人生疑。我们几乎设想不了一个**诡计多端**的李尔王……小说之粗俗面、粗暴面，固定了其特点：天数之降格，失位的命运，灾厄之未必，无势的悲剧。

悲剧英雄的厄运之充足，乃其永久之财富，其世袭之家产；与之相比，小说的人物显然如一名接受毁灭的候选者，如一个转手恐怖的小摊贩，担忧失败，害怕成功。他忍受着其灾难之无常。无任何必然性蕴含在其死亡中。其作者——我们的印象如此——本可以拯救他：这将带给我们一种不适感，有败阅读之兴。悲剧，它展现在一个层面上，斗胆一言，一个绝对的层面：悲剧作者于其英雄无丝毫影响，他只是他们的仆人，他们的工具；他们是统帅者，下令笔录他们的作为和姿态。他们甚至在那些将他们作为借口的作品中**君临**。这些作品显示出独立的真实，无关作者，无关心理操纵。以一个完全不同的方式，我们阅读小说。小说家，我们总会想到他；他的临场困扰着我们；我们目睹他同人物搏斗；长远来看，只有他在命令我们。"他将同他们去做什么？他将何如摆脱他们？"我们问自己，拘束不安而夹杂忧虑。如有人曾说巴尔扎克用**失败者**制作莎士比亚，那么，该如何看待被迫关注一种愈加恶化的人类的我们的小说家？失宇宙之气息，则人物稀薄，抵消不了其知识的、超感之意志的、"个性"之缺失的溶解效应。

聪明绝顶的艺能者的登场，构成了精彩绝伦的现代现象。不是说昔日的艺能者无法达到抽象或微妙；而是，从一开始，它们就被置于其作品的中心，艺能者创作而不思考创作，既不会为教条学说所围，也不会为方法之思所困。艺术，仍新，**支持**着他们。如今不同了。无论其智能如何减少，艺能者首先是一名美学家：置于其灵感之外，准备灵感，蓄意强迫自己囿于灵感。诗人，注释其作品，有说明而无说服，并且，为了发明及自我新生，仿效他所不再拥有的本能：诗之理念成了其诗歌的材料，其灵感之源泉。他歌颂其诗作；严重的衰竭，荒谬的诗学：我们不会用诗歌来制造诗歌。唯有可疑的艺能者始于艺术；真正的艺术家取材他处：从自我之中。相比目前的"创作人"，相比他的痛苦和贫乏，昔日的创造者显然有失健康：他们不会因哲学而"贫血"，如他那样。询问任一绘画家、小说家、作曲家，你将发现一些**问题**啮噬着他，带给他的危险成了其基本的标志。他暗中摸索，仿佛被拘于其事业的门口，被留在其命运的开端。此种智力之恶化，伴随一种相应的本能之衰退，当今之世，无人能免。庄重的宏伟，轻率的浮华，皆不再可能；相反，**引人注目者**被升至范畴之位。个体者创造艺术，艺术不再创造个体者，不再有重要的作品，但有先来或后到的评论。而一个艺能者所能生产的最佳产品，乃是关于他能做到什么的种种理念。他成了自己的批评者，因为庸夫都是自己的分析者。从未有时代经历过一种如此的自我意识。从这个角度来看，文艺复兴貌似野蛮，中世纪则好像史前，直至上世纪（19世纪）才稚气稍显。关于我们自己，我们所知很多；另一方面，我们乃微不足道。为了弥补我们在天真、朝气、希望、愚蠢中的缺陷，"心理学观点"，我们最大的收获，已将我们变成了自己的观众。我们最大的收获？鉴于我们形而上的无能，它毋庸置疑是的，正如它是我们唯一可感知的深刻。但如果我们超越心理学，我们全部的"内心生活"将具有一种情绪气象学的特征，情绪之变化将没有意义。为何关注幽灵的诡计，在表象的舞台？然而，在《流光再现》[1]后，我们该如何恳求一种自我，如何继续寄托于我们的秘密？"空心人"[2]之先知，人类空虚之预言者，并非艾略特，而是普鲁斯特。废除记忆——它试图使我们征服生成——的功能后，留在我们心里的只有标记我们衰落阶段的节奏。从那时起，拒绝灭绝等同于一种对于自我的无礼。生物之状态不适宜任何人。我们得知这一点，既因为普鲁斯特，也因为大师埃克哈特；以前者，我们由时间入空虚之乐，以后者，由永恒入之。心理学的空虚，形而上学的空虚：前者，内省之加冕；后者，沉思之登基。"自我"是一项特权，只属于那些不会走向自己的末日的人。但走向自我的末日，此种极端，丰富神秘者，祸害写作者。我们设想不了普鲁斯特尚存人世，而其作品已盖棺定论。另一方面，他使所有朝向心理细节的探索多余而恼人。最

---

[1] 原名为 *Le Temps retrouve*，即法国文学家普鲁斯特的小说《追忆似水年华》的第七部。——译注

[2] 即"The Hollow Men"，取自 T.S. 艾略特创作的一首同名诗歌。——译注

后，分析之膨胀既折磨他，也折磨其人物。我们无法无限复杂化一个人物或种种情境，而他发现自己深陷其中。我们懂它们，至少我们猜测它们。

仅有一事比倦怠恶劣：对倦怠之惧。正是此恐惧，我每经历一次，就会翻开一本小说。英雄人生，于我无用，我不会拥护它，不会以任何方式信仰它。文学风流，实质耗尽，客体不存。人物垂死，诡计将亡。因此唯一值得关注的小说乃是如此：一旦宇宙解散，毫无变化，甚至作者似乎不在那里。美妙而难辨，无尾或无首，他们能以一句话了结，也可以以上万页。鉴于他们，我有了一个疑惑：同一体验能无限重复吗？写一本没有题材的小说，很好，但写十本或二十本好什么？一旦无题材之必要性被提出，为何要增加此种缺位，为何要热衷于它？此类作品之隐念反抗着存在之消磨，反抗着虚无之无穷真实。一个如此的观念，逻辑上毫无价值，然而在感情上是真实的（不以感性论虚无都是浪费时间）。此观念假定了一种没有参照的研究，一种存在于无尽空虚内部的体验，以感觉来感受及思考虚无，也假设了一种自相矛盾，无运动的辩证法，一种单调而空虚的动力论。这不是绕圈吗？**无意义之享乐**：至高的绝路。利用焦虑，不是为了将缺位变成神秘，而是为了将神秘变成缺位。无神秘，悬于其自身，没有背景，无法孕育出不以荒谬之启示构思它的人。

对于废除叙述的叙事，客体，相当于一智力之苦行，**一无内容**的沉思……精神目睹自己变成了行动，由此行动是精神，且莫过于此。其所有行动使它重返自己，重返静止的展开，此种展开阻止它纠缠诸事物。无知识，便无行动：无内容的沉思意味着贫乏之封神，标志着拒绝之成圣。

脱离时代的小说，抛弃了其独特的维度，丢弃了其功能：重作英雄的姿态是荒谬可笑的。我们有权耗尽自己的执念，利用它们，无情地反思它们吗？当今的小说家中，不止一位使我想到一个**超越**上帝的神秘家。神秘家，抵达那里，即所谓的无处，将再无法祈祷，因为他已经超越其祷告之对象。但已超越小说的那些作者为何坚持创作小说？其魅惑非常，甚至制服了试图摆脱它的人。若要表达历史学及心理学的现代萦念，何能优于小说？如果人类在其暂时的真实中耗尽自己，那么他只是一角色，只是小说之一主题，莫过于此。简而言之，乃我们的同类。此外，在形而上学的繁荣期，小说是不可思议的：我们几乎想象不了小说或在中世纪繁荣，或在古希腊兴旺，或在古印度发达，或在中国古代昌盛。因为形而上的体验，脱离了我们的存在之编年、方式，活在绝对者的深处，人物朝向绝对，而不抵达绝对：只在此独一的条件下，他掌握一种命运，此种命运，在文学上将是灵验的，它假定了一种未完成的形而上的体验，我补充一点，一种自愿未完成的体验。瞧一瞧陀氏的那些英雄：他们无力自救，急于败落，他们同上帝保持一种伪关系，在此条件下，他们使我们惊讶。神圣，于他们，只是心痛之借口，是混乱之补充，是准许其更好地崩溃之曲折。拥有了神圣，他们将不再是角色：他们追求神圣，是为了拒绝它，是为了品味重陷自身之危险。以其失败的圣徒品性，癫痫的公爵位于一个诡计的中心，神圣之**实现**，对立于小说之艺术。至于阿廖沙，更接近天使而非圣徒，他的纯洁召唤不出一个命运的观念，我们很难理解陀氏如何能将他作为《卡拉马佐夫兄弟》续集的核心人物。投射我们的历史之恐怖的天使，乃暗礁，甚至是叙事之死。莫非我们应推论叙述者之领域不该延及堕落之前尘？在我看来，于小说家，此论断奇异而真实，其职责，其功德，其存在之唯一理据，乃模仿地狱。

"无法从头至尾读懂一本小说"的光荣，我不渴求；我反对它的傲慢，反对它施于我们的习惯，反对它于我们的偏见中所占的地位。坐论一些虚构人物数个小时，不可忍者，莫过于此。说白了：我所读过的书，最激动人心者，纵非最伟大者，皆是小说。但这阻止不了我厌恶那源于它们的幻觉。无希望的厌恶。因为即便我渴望另一世界，渴望任何除了我们之外的世界，我也知道我永远到不了那里。每一次我试图立足于一个相比我的"体验"而言更高的原则上时，不得不说后者比前者于我有利，所有我的形而上学的倾向都会前来冲击我的轻浮。无论对错，最终我归罪于整个体裁，以我的愤怒笼罩它，将它视为我在小说中所遭遇的一项障碍，视为我，也是他人崩溃的催化剂，它是时间的一个诡计，为了渗入我们的实质，最终证明永恒于我们永远只是一个词语或一种悔恨。"如所有人，你是小说之子"，此是我的陈言，也是我的败绩。

没有摆脱迷惑之毅力，或没有自我惩罚之意志，就没有抨击。我永远无法原谅我自己，因内心更亲近遇到的第一个小说家，而非最无用的古代贤人。我们热衷西方文明——一种小说之文明——的荒唐，无法不受惩罚。为小说文学所蒙蔽，文明赋予小说作者的信任同样由贤人从古代世界中得到。然而，获得其斯多葛主义或伊壁鸠鲁主义的贵族，相比其奴隶，他所至的高度是阅读小说的现代资产阶级所无法意图的。如果有人反驳：我所谓的古代贤人，当时他不是一个骗子，谈论各种主题，反反复复，如命运、快乐、痛苦；那么我将回应：此种平庸于我看来比我们的更可取，且相比小说领域的撞骗术，在贤者们的招摇术中，存在更多真实。然而，关于骗术，不能忘的是，诗歌之骗术，更庄严，更真实。

显而易见，无论如何，你不能用任何一事物来作诗。诗不会出租自己的一切。诗，有其顾忌，有其……地位。窃取其实质必会招致危险：一旦它被植入讨论，没有比之更不一致者。从浪漫主义、象征主义、超现实主义中汲取灵感的小说，其中的混种人物为我们熟知。事实上，小说，乃职业篡位者，夺取实质上属于诗歌的运动之手段，毫不犹豫。因其非同寻常的适应性而质地不纯的小说，已有生命，以欺诈和劫掠为生，将自己出卖给每一动机。小说成了文学之娼妓。不顾廉耻，而不犹疑，但凡私情，它必泄密。以同等的恣意，在废品里，在良心中，它寻寻觅觅。小说家，其艺术由听诊和闲话制作，将我们的沉默变成喧嚣。纵然是厌恶人类者，于人类亦有热情：他堕入人类。相比神秘主义者，相比他们的精神病，相比他们的"无人性"，他是卑贱的！此外，上帝尚属一个不同的分类。我们可以设想我们关注上帝。但我不理解我们对存在的专注。我梦寐**无基**的深刻，梦想时间腐败之前的真实，其孤独，胜过上帝的孤独，将使我永别自我，永别同类，永别爱语，永别因好奇他人而生的赘言。如果我攻击小说家，那是因为，以一个任意的物质为主题，以我们所有人为主题，他是啰唆的，必定比我们啰唆。有一点，平心而论：他有冗长之勇。他的创作力，他的影响力，皆以此为代价而来。若无一种平庸学，无次要者之本能，无附属者之天性，无低微者之冲动，则无史诗之天才。一页又一页：积累虚无。如果长篇史诗是一反常，那么，巨型小说则被铭记在风格的真法中。**言、言、言**⋯⋯哈姆雷特所读，毋庸置疑，乃一部小说。

在诸细节中反思生活，将我们的惊愕恶化为秘史，于精神而言是多么痛苦！此种剧痛，小说家感受不到，因为除了"非凡者"的无意义与天真外，他感受不到更多。有没有一个孤立事件值得述说？提问无理，因为我所读小说不比任何人多。但提问也合理，一旦时间逃出我们的意识，将只留下一种能将我们从诸存在中救出，从不可思议者的延伸中救出，从为存在下定义的每一瞬间中救出的沉默。

意义开始回溯。可以意会的油画，我们不会长久注目；性格鲜明，轮廓清晰的音乐，我们厌烦；明明白白的诗歌，在我们看来……不可理解。显然者的统治走向末日：有何易懂的真理值得陈述？凡能传阅者皆不配留下。可否推论唯"神秘"能留住我们？神秘者之枯燥乏味不亚于显然者之令人厌倦。我所指的，乃是**完全**的，直至现在仍处在构想中的神秘。我们的神秘，是纯形式的，只是一种被清醒辜负的精神的救济，是一种空洞的深刻，匹配着一个没有蠢人的艺术阶段，在这一阶段中，文学上、音乐上、绘画上，我们是所有风格的当代者。折中主义，如伤及灵感，反而拓宽我们的眼界，并允许我们利用所有传统。它解放理论家，麻痹创造者，于后者，它所敞开的景象非常广阔；当前，一作品产生，或同知识并存，或在知识之外。若今日的艺能者躲避于晦涩中，那是因为他再无法**以其所知**革新。其学识的质量使他成了一名注释者，一个醒悟的阿利斯塔克。为保卫他的新颖性，他只能在不可理解者中冒险。因此他抛弃用一个博学而贫乏的时代惩罚他的显然者。诗人，面对词语，任何词义合法的词语，必会发现它们都不负责未来；如果想要它们可行，就必须打破言辞的意义，追求用语的**不当**。在一般的文学中，我们目睹圣言的投降，这看似非常离奇，圣言比人言衰竭许多。让我们跟随其活力的下行曲线，配合其劳损的程度及衰老的阶段，拥护其剧痛的进展。怪事一桩：它如此自由，前所未有；它的屈服是它的胜利：既摆脱真实，又摆脱实际，仅表现其专有游戏的暧昧，纵容此种终极的奢华。此种剧痛，此种成功，我们所关注的文学类型都曾受其影响。

无物质小说的降临给小说致命一击。再无情节，再无人物，无阴谋，无因果。开除客体，废除事件，尚存者，唯有自我，回忆着存在，唯有一个**没有明日**的自我，紧扣着未定，将它翻来覆去，将它变成紧张，此紧张只通向其自己：在文学的边境上狂喜出神，在喊声里杂音无法消失，重复的祈祷，空洞的独白，精神分裂的召唤拒绝回响，变形成为一种躲避的极端，既非斥骂之抒情，也非祈求之诗兴。小说家，冒险抵达暧昧者的根源，为缺席者的考古学家，勘不存在者及不可能存在者的地层，掘不可意会者，在我们默契而惶惑的目光前展现之。神秘主义者，不自知吗？当然不是。对于神秘家，如果他向我们描述其期望的忧怖，其期望将通向一个他能扎根的客体。他的紧张，或引向其自身之外，或在神之内保持自身，于其中他发现了一种支持及一种辩护。退还回其自身、无一现实之基础的此种紧张将是可疑的，只能为难心理学。然而姑且认为此种维持期待及变容期望的真实都是虚假的：神秘家，通过攻击懒惰，也承认了懒惰。但诸如此类都是其资源，他的紧张所具有的自发性，不是沉溺于未定者，也不是消失在其中，而是由他将它实体化，赋予它体积，给予它面容。在放弃其堕落，使其黑暗成道，而非为体之后，他进入一个区域，处于其中时不再有此种所有感觉之最痛苦者：存在于你是被禁止的，与存在达成协议于你是永不可能的。此存在，你所知仅其周边，仅其边界：这就是为何你成为作者。存在的边境，文学的边缘，延展于两者间的**无人区**，小说家，在他最佳的时刻，走过那里。抵达那里，由于既无用之内容，也无用之客体，心理分析无用武之地，因为那片区域容不下心理学的练习。设想一小说，其诸人物之生存不仰赖彼此之作用，也不倚仗自己之功能，设想一个没有同谋的阿尔道夫，一个没有兄弟的伊凡·卡拉马佐夫，一个没有伴侣的斯万：你将明白小说之时日屈指可数，如顽强求生，它必须乐于以尸体为业。

无疑，我们应再进一步：愿能超越一种类型的末日，所有其他者之末日，艺术之末日。失去脱身之计，人将得到优秀的品位，通过宣告贫乏，来中止他的行程，即便只有数代之久。再度开始前，他将不得不从麻木中重生：所有当代艺术都将保证他的重生，只要他赞同自身的毁灭。

不是说我们应当相信形而上学的未来，或任何种类的未来。如此错乱，与我无关。无论如何，每一末日皆隐藏许诺而显示前景。当我们在书店的橱窗前，再看不到任何小说时，脚步已出，可能往前，也许朝后……至少整个基于无聊之勘察的文明将灭亡。是乌托邦？是胡言乱语？是野蛮？我不知道。然而我情不自禁想起了最后的小说家。

当时，几近中世之末，史诗，始降而后没，其同时代者必会对此感到一种宽慰：无疑，它们得以更自由地呼吸。基督之神话，骑士之传说，一旦竭尽，曾构思宇宙及命运之高度的英雄主义，将让位于悲剧：人类，于文艺复兴时，克其极限，制其命运，生成自己，至于爆炸。此外，他因无法长期忍受崇高者的压迫而向小说——此中产时代的史诗，替代的史诗——屈膝。

于我们面前，一道空虚打开，它将被哲学的替代物填满，被符号晦涩的宇宙学充实，被可疑的幻想装满。精神因此而开阔，将包括更多物质，超过它已习惯于包含的。回想希腊化时期与诺斯替教派之骚动：罗马帝国，以其巨大的好奇心包容不两立的体系，通过吸收东方诸神认可大量的学说和神话。正如一力竭的艺术将被异于它的表达形式渗透，一崇拜在力尽之际将放任他者入侵。此乃古之诸说融合的意义，此乃今之诸说融合的意义。我们的空虚，不和的艺术及宗教堆积其中，于他处召唤偶像，因为我们的偶像太衰老了，无力关照我们。精于另一天国，我们未从中得到丝毫利益：由于我们的缺点，由于缺失一种生活原则，我们的知识，乃表面之普遍，乃如此之弥散，预示着统一于粗鄙者及可怖者之中的一世界之来临。我们皆知，古之时，基督教义如何终结了诺斯替主义的妄想；毋庸猜测，我们百科全书式的错乱必将结束。一破产之时代，艺术史取代了艺术，宗教史取代了宗教。

不必怀有徒劳的苦涩：一时之失败，乃一时之成果。例如小说之破产。因此，让我们向小说致敬，为小说庆贺：我们的孤独将得到援助，得到巩固。切断出路，终困自身，以我们的功能，以我们的极限，以有生之无用，以成为人物之无用，以创造人物之无用，我们能更好地询问自己。小说呢？乃对我们表象之爆裂的否决，乃我们起源的最远点，乃用以规避我们的真问题的诡计，乃插入于我们的原初真实及心理虚构之间的银幕。强加于小说的技术是否定小说的，强加于小说的氛围是削弱小说的，强加于小说的要求是超越小说之手段的，推动小说的灭亡及本时代的灭亡，小说，是本时代之形象，之精粹，之怪象，凡如此作为者，我们绝不会十分佩服。它表达我们每一面孔，它垄断表达之所有可能。多数人接受它，然而他们的天性使他们无法支配它。今日，笛卡尔很可能是小说家；帕斯卡，毋庸置疑是。当一种类型引诱不支持它的天才时，它将是普遍的。但讽刺的是，恰恰是这些天才破坏了小说：他们将异质的问题引入小说的性质，使之多样，使之堕落，使之超载，直至其建筑破裂。何时我们心里没有小说之未来，何时我们就能对哲学家写小说感到喜悦。每当他们潜入文坛时，不是为了开采他们的错乱，就是因为陷入他们的破产。

用文学来召唤死亡，既是可能的，也能如愿以偿。我们的质问，我们的疑问，我们的焦虑，这些闹剧有何益处？毕竟，将我们引向一种自动状态更好，不是吗？至于我们的忧伤，乃个体性的、沉重的，相继而来的一系列忧愁，乃统一的，且易于承受的；作品不再是原创的或深刻的，不再有隐情，不再有梦幻，不再有秘密。幸，不幸，意义皆无，因为它们无从**生成**；我们每一个人最终既是绝对完美的，也是绝对虚无的：**无人**。及至黄昏，及至命运的末日……让我们凝视漂移的诸神：他们于我们有些价值，可怜的他们。可能我们将比他们存活得更久，可能他们将重新出现，有气无力，乔装改扮，偷偷摸摸。公平起见，应当承认，如果说他们介入我们和真理之间，那么目前尽管他们消失了，但比起当时他们不允许我们注视真理，或面对真相的情况，我们也并未更接近真理。比起他们，我们亦是可悲的，在虚构中，在替代物中继续工作，仿佛这是一种理所当然，幻觉，一个又一个：我们最为确信的乃是**积极**的谎言……

尽管如此，文学物质日渐稀少，而小说物质更为有限，在我们眼皮下消失。小说真死了，或只是垂死？我不够资格，不能判定。主张小说已尽，然而内疚结心：万一它没死呢？如此，就留给他人，留给专家，去确定其濒危的确切程度吧。

神秘业

　　令人恼火者莫过于如此的作品：于其中我们协调一精神之种种暧昧的观念，此精神针对一切，除体系之外。以尼采之作绕于一核心动机为借口，予之一协调之貌，何用之有？尼采，一态度之总和，于其作品中寻一秩序之意志，求一统一之忧虑，乃贬低他。尼采，其性情的俘虏，记录其情绪的波荡。其哲学，乃其随性之沉思，众学问家，意图错误，所求的其中之常数，乃尼采之所拒者。

　　对体系之执念，虽用于神秘之钻研，然其可疑不减。继续被视为一个埃克哈特大师那样的人，一用心训练其思维者：他不是一名传教士吗？一布道，无论多么令人激动，给人启发，都具有**流动性**与**过程性**，都会揭示一理论，并竭力证明其理据充分。但对于一个安格鲁斯·西勒西乌斯（Angelus Silesius）那样的人有何可说？他的双行诗，无故背反，共有主题：上帝——呈现于千面之下，困难之处，乃识其真面。《天使的旅者》，一系列不两立的言辞，一巨大的混乱，表明其作者之状态是严格而主观的：试图察觉其统一，发觉其体系，就是毁灭其诱惑之能力。安格鲁斯·西勒西乌斯关心上帝不及关注他自己的神。结果，大量的诗意之错乱，将使学问家却步，会让神学家失色。其实不然。于此言辞中，学问家及神学家两者皆尽力于布置秩序，尽力于使之简单，尽力于得出一明晰的观念。嗜严苟成狂的他们，意欲得知他们的作者对永恒及死亡有何看法。他思考什么？**任何事物**。他的体验都是个体的、绝对的。至于他的上帝，从未完成，永远**不全**，永久流变，他记录一个个瞬间，将其变成一种思想，然而其缺陷与易变丝毫不减。我们要当心确定者，要远离那些声称于一切事物均有一确切观点的人。在一些双行诗中安格鲁斯·西勒西乌斯将死亡比作邪恶，在另一些双行诗中他将死亡比作至善，此举颇为惊人，既无正直可言，也无幽默可说。因死亡自生于五内，我们当重视其阶段，查看其变形；将其置于一公式中，乃是在阻止之，贫乏之，破坏之。

于一定义之种种限度内，神秘家既体会不到他的狂喜出神，也感觉不到他的憎恨厌恶：他的要求满足不了其思想之需要，但能满足其感觉之需要。神秘家比诗人更为倾向感觉，因神秘家以感觉临近上帝。

没有相同的战栗，只有随性的颤抖：一词语之同一，实际上，包含着大量的分歧体验。千种虚无感，唯一词译之：言说之空乏生难解之宇宙……以安格鲁斯·西勒西乌斯而言，区分其一诗与另一诗的间隔，不是被削弱了，就是被废除了，因为同一词语，重复出现，意象熟悉，因为语言贫乏，其叹息、其恐惧、其狂喜，皆丧失个性。从此以后，神秘家以表达曲解其体验，如出一辙，学问家以注释曲解神秘家。

以为神秘主义源自本能之衰落、元气之受损的看法，是错误的。一个类似路易斯·德·莱昂的人，一个类似圣十字若望的人，给伟业时代加冕，且必然是大征服之当代人。

他们非但不是残缺者，而且还为其信仰战斗，正面攻击上帝，占领天国。他们的偶像崇拜，皆非自愿，温柔而消极，以保他们对抗一种恰可忍受的紧张，对抗一种**泛滥**的歇斯底里，他们的偏执，他们的改宗，他们影响此世界及另一世界之权力皆源自此种癔症。为了猜测他们，需在一无形的地理中设想一个如埃尔南·科尔特那样的人。

德意志的神秘家亦是征服者。其异端之倾向，个性之主张，抗议之嗜好，在精神层面上表达了整个民族意志之个性化。赋予德国一历史感，乃宗教改革之意义。中世纪之盛时，埃克哈特超度传统，自行其道：他的生机预示了路德的活力，亦指明德国思想之取向。作为宗教方面的悖论之父，他最先以智力戏剧之组合表现人神之关系，正是此使他地位独一。此种紧张尤为适宜如此时期：整个民族，人心骚动，探索自己。

神秘家中亦有骑士。穿着秘密的甲胄，即便陷入自我折磨的激情，亦不屈不挠的他们，具有呻吟的傲慢，具有一种带传染性而煽情的错乱。亨利·苏索不会向最不经的隐士让步，他十分善于改变他们的痛苦。骑士精神，转向永恒，将冒险之爱存在那里。因为神秘主义乃一冒险，一垂直之冒险：向高处冒险，征服另一空间之形式。因此，神秘主义有别于诸种颓废之说，其个性不源自颓废，乃源自**他处**，例如诸种被植入罗马的东方学说。因此他们只回应如此的渴望：对于一种无力创造一新宗教，依旧执着于神话之魅力的文明，渴望其萧条。今日之神秘家，亦是如此，他们**引入**的绝对，用于软弱和失望。

虔诚、傲慢的造物之叹息，与能量不可分，与活力不可离。皇家港[1]，不论其田园的表象，乃一盈溢

---

[1] 原文为 Port–Royal。根据文意，此处应指的是位于巴黎西南面谢夫勒斯山谷中的皇家港修道院（现多音译为波尔－罗亚尔修道院）。该院始建于 13 世纪初；17 世纪，法国詹森主义兴起而天主教内部斗争日趋激烈，当时的皇家港修道院成为詹森主义的思想中心，并因该院修士、詹森派领袖安托万·阿尔诺与皮埃尔·尼古拉合写的《波尔－罗亚尔逻辑》（原名《逻辑或思维术》）一书而名噪一时，成为 17 世纪法国天主教改革运动的中心。——编注

精神之表达。法国知其内在性之临终。于是，她不能再现暴力权势，除了在世俗中：她制造革命；糖衣天主教降临之后，革命乃她所能从事的全部。失去异端之诱惑，进入宗教之灵感，她变得贫乏。

以天职抗命，祈祷无度，神秘家**心惊胆战**，博弈天国。教会将他们贬斥为超自然乞求者，恶意地开化他们，如此他们能被充作"典型"。可是我们知道，于他们的人生、作品中，他们都是自然现象。于他们而言，最悲惨者莫过于落入教士之手。我们的义务是夺取他们：唯以此为代价，基督教才能依旧包含一种对时间之怀疑。

我称他们为"自然现象"，决非认为他们的"健康"无虞。我们知道他们皆病者。但疾病作用于他们如一种激励，如一出格之因素。以疾病，他们追求另一生命类型，而非我们的类型。阿尔坎塔拉的圣彼得（San Pedro de Alcántara）曾设法夜眠不超过一小时：此非一力量之象征吗？他们皆强壮者，因此唯有自毁身体才能得到一额外的力量。以他们为温顺，则无更冷酷之存在。他们有何提议？**精神失常之善**。渴望每一类创伤，被异常者催眠，他们着手征服唯一值得费力的虚构；上帝亏欠他们一切：其荣光，其神秘，其永恒。他们将生存供于不可思议者，冒犯虚无是为了予之生命：温柔者何能完成此等功勋？

哲学家之虚无，抽象而谬误；与之相反，神秘家之虚无，光彩十足：喜悦于世界之外，兴奋于时间之外，闪亮的毁灭超越思想的边界。神化自己，毁灭自己，皆为找回自己，相比其余的行动，沉浸于自己的清醒需要更多的冲动和活力。狂喜——感觉的极限态，**意识之毁灭**的实现——对那些于自身之外冒险的人而言，是可感的，是任意幻觉的替代物，此幻觉奠定了他们的生活，一种不同的、至高的生活，其中一切都是决定的，一切都是过时的。在此，精神被中断，思考被废除，伴随着混乱的逻辑。假如可能，我们应效法神秘家，无视显明者，走出其所生的绝境，成为耀眼、神圣的错误，假如可能，我们应如同他们，追溯**真正**的虚无！以何种技巧，他们剽窃上帝，洗劫天主，盗取祂的表征，装备自己，为了……重制真神！他们永远在制造另一天国，不停生产另一世界，其狂乱之动荡，其灵魂之膨胀，无可御者。他们所及的一切都带上了生存的色彩。一旦懂得了所见所存之事物有诸种不便，他们将竭力歪曲它们。他们全力关照自己的视力缺陷。他们知道，真实无踪，存于经过之后，存于超感荒废之后。**无在**，是其出发点，是他们为了获得肯定，试图战胜、试图拒绝的显明者，引导他们得出一如此惊人之结论的路，不经历之，我们永远无法和他们水平一致。

及至中世纪，有些心灵，倦于筛选相同的主题及相同的表达，为了更新他们的虔敬，使之摆脱官方术语，不得不求助于悖论，不得不依靠时而野蛮，时而细腻的魅惑的用语。埃克哈特大师亦然。不论他多么严格，多么专注于严密，他太像作家而没有被神学猜忌：他的风格，而非他的观念，为他赢得了被判异端之体面。我们审视其论述及布道中那些受非议的主张，惊讶于它们背叛精妙之词的忧虑；它们揭示了其信仰的非凡面。如同每一异端者，他是形式的罪犯。作为语言之敌，正统教义，无论宗教上的，还是政治上的，皆预设表达。几乎所有的神秘家都同教会有所抵牾，因为他们有太多的天赋；后者不需天才，只要奴才，只要屈服于其**风格**。以一僵硬的圣言之名义，火刑制立。为免祸远害，异端者唯有一法：改变用语，以其他术语，以祝圣之语，表达其观点。如天主教对语言之生活、偏差、变化、发明多一些宽容理解，宗教裁判所可能永不会存在。当反调禁止，人们唯有以沉默、庸俗来避免殉道。

其他种种理由将神秘家合制成一异端者。如果他厌恶于被一外部权威约束他同上帝之关系，就不会接受一高级的干涉：宽容耶稣，他能做的仅此而已。他绝不和解，尽管必须做出一些妥协，嘀咕着那些缺乏即兴能力、一成不变、推荐的、指定的祈祷。应当谅解他的懦弱。可能，他的屈服是为了证明他能够下至庸俗，也可能，采用他们的语言是为了证明他无法忽视谦卑的诱惑。但我们知道他不经常堕落，于祈祷中他会做一些新动作，他发明下跪，用此种方式与公用之神决裂。

他复苏信仰，昭雪教义，威胁之，破坏之，视之为内心之敌，潜在之祸。无他，它将萎靡。现在我们能猜想为何教会没有了辩护者和诽谤者，也不再有赞美和迫害。一方面，由于异端之短缺，她自愿放弃服从于她之要求，另一方面，她在其自身中发现一狂热者，屈尊攻击她，认真待她，予其警惕之希望、惊慌之理由。庇护偶像无数而不见地平之上有任何破坏者！信者不再彼此竞赛，何况不信者：救赎之道，或地狱之路上，无人争先。

值得注意：两位最伟大的近代诗人，莎士比亚与荷尔德林，皆**绕行**基督。如果他们被它诱惑，他们将制造自己的神话，教会则有幸多算两个异端为同行。攻击十字架，无屈尊可言，更谈不上将它提升到他们的高度，一者无视上帝，另一者复苏希腊神明。前者超越祈祷，后者召唤天国，但他所知的天国是无用的，他所爱的天国是不存的：一者是我们冷漠的先驱，另一者是我们悔恨的预兆。

隐士，以其斗士般行事的方式，觉其孤独需有众敌，无论现实之敌或想象之敌。如果他信仰，他将以邪恶充实他的孤独，他对现实并不抱有幻想。没有它们，他将落入平淡，他的精神生活将陷入痛苦。雅各·波墨恰如其分地称魔鬼为"自然之厨师"，万物因其技艺而有滋味。上帝本人，一开始就确定需要敌人的原则，承认不能不战斗，不论攻击，还是受攻击。

同样，多数时候，神秘家自创敌手，随后其思想以算计、诡计确认他者的存在：此是一无果的策略。其思想，最后，将简化成一种同自我的争论：他想成为众人，他成了众人，只要制作出一个又一个的面容，以增加他的面相：以此他相似于他的创造者，且继承了后者的哗众取宠。

于神秘主义的现象而言，连续性是缺陷：蒸蒸日上，登峰造极，然盛极而衰，以讽刺而终。在西班牙，在佛兰德斯，在德意志，宗教繁荣期之情况，皆是如此。如果，后继者试图以艺术成名，那么，可悲者莫过于二流的神秘家，那些崇高的寄生物，狂喜的抄袭者。有人玩诗意，有人做原创：只需参透其职业的诸种秘密。这些秘密在神秘家眼里不值一提，于神秘家艺术只是一种**手段**。因此他不求取悦于人，也不愿**扬名四海**，他的公众十分有限，他的听众非常严苛，他们对他的要求不只是才华天赋。他尽力为何？为了寻觅其体验侵蚀下的逃脱者和幸存者：在自我之震荡下无时间性之残余者。神秘家消耗感觉，以接触不灭，相反，诗人耗费感觉，以接触临时；一者几乎肉体上沉浸在至高中（神秘家：**本质生理学**），另一者热衷于自我之表面。两者皆享乐之徒，只是程度不同。品味表象的诗人无法忘记表象的滋味，达不到沉默之快感的神秘家只能满足于词语之享乐。一品质之饶舌者，一**高级**的快嘴者。

当我们阅读玛格丽特·艾伯纳（Marguerite

Ebner）的《启示录》时，其喊叫，其迷人的地狱，令人嫉妒。持续数日，她无法松口；最终她开口了，她大声呼喊，令其修道院既激动又恐惧。福利尼奥的安吉拉（Angèle de Foligno）如何？不妨听一下她的说法："于我坠入的深渊中，我凝视，我罪恶的过剩，我徒劳地寻求发现它们的方法，试图将它们呈现给世界，我愿赤裸地走过无数的城市和广场，我脖颈上悬挂鱼肉，我大声说道：这就是邪恶的生物！"

多血的性情，以堕落的极端为乐，热衷于纯洁的末日，在底层的头晕中，在高层的目眩里，圣徒们不会迁就我们的推论，也不会适应我们的懦弱。将他们视为沉思者，乃大错特错。太放纵，太羞涩，皆不能停止沉思（沉思假定了一自我之控制，因此产生了一血气之平庸），如果他们渴望堕落到事物的基础，那么引导他们的方法恰恰不是"自反的"。在他们的姿态中，在他们的言辞里，没有丝毫的克制，毫无禁欲的迹象，他们认为于他们一切皆可，带着莽撞，穿越一个个被他们扰乱的心灵，因为他们拥有恐怖中的平静，他们受不了一将至的灵魂。以其本身而言，与其接受他们，不如惩罚他们。再听一听福利尼奥的安吉拉的说法："当人间所有的贤者和天国全部的圣徒将他们的慰藉和承诺施于我，当上帝将祂的恩典赐予我，如果祂不改变原来的我，如果于我灵魂的深处祂不开始一次新的手术，而给我恩惠，那么所有的贤者，全部的圣徒及上帝，将加重我的绝望，激化我的愤怒，加深我的悲伤，激增我的盲目。"面对如此的宣言及如此的要求，我们难道不应该清除我们常识的最后残余，野蛮地冲向"光明的黑暗"？如何能下决心，解决被束缚于谦虚的疾病？我们的血气，太过温和，我们的欲念，太过温顺。我们不可能超越自己，甚至我们的疯狂也太过整齐。让我们推倒精神的种种阻隔，震撼它，渴望毁灭它——新之源！事实上，于无形者，精神是倔强的，只能感知已知之物。为了向真正的知识敞开自己，它必须解体，必须越过它的边界，必须穿过毁灭的狂欢。无知将不是我们的好运，如果我们不敢翻越我们的诸种确信，不敢越过如此的羞怯：其阻止我们创造奇迹，使我们陷入我们自己。我们具有圣徒之傲慢！

如果他们彻夜不眠保持祈祷，那是为了向上帝骗取神力的秘密。叛乱者的祈祷，乃背信的祈祷，魔鬼欣喜地游荡于他们的周围。狡猾的他们，也向魔鬼骗取其秘密，迫使它为他们工作。邪恶的信念萦绕他们，他们懂得如何利用邪念——为了升华。他们中崩溃的那些人，变得有些温顺：其败落，并非变成了受害者，而是成了魔鬼的合作者。无论得救或失救，所有人都戴着一张非人的面具，所有人都不愿为他们的事业指定一个极限。他们会放弃吗？他们的放弃是彻底的。但他们并未因此受损、虚弱，反而发现，自身的力量强于保留他们所弃之物的我们。这些巨人，以毁灭的灵魂和消亡的肉体，恐吓我们。凝视他们，我们只会感到耻于为人。如果，轮到他们凝视我们，悲悯我们的平庸，让我们破译一下他们的评论："一群可怜人，没有勇气独一无二，没有胆量变成怪物。"显然，魔鬼为他们劳作且无异于他们的荣耀。于我们其他白白和魔鬼结盟的人，这是何等奇耻大辱！

　　毁灭者侍奉生命，魔鬼**转向为善**，圣者皆是反对自我的大师。为了克服恐惧自身的倾向，他强迫自己仁慈，想象自己存有同类，并对他们存有义务，强加自己过劳之怜悯。他受苦且爱受苦，但其苦难结束时，他将生物变成他的玩物，冲向未来，阅读他者的思想，医疗种种不治者，触犯自然之法而不受惩罚。正是为了获得此种自由及力量，他日夜祈祷，抵抗种种诱惑。他意识到，快感缓和了，衰退了，如果他求助于快感，将不再能成为，甚至不能企求成为非凡者，其力量将减弱，其才能将减少：其欲望不再强烈，其野心不再活跃。他所渴望者，乃另一等级的满足，一典范的快感：堪比神的享乐。其感官之恐怖皆可计算，皆有利害。他刁难它们，拒绝它们，知道自己在他处将再见它们，将使它们改观。

　　渴望取代上帝的那一刻，他打算付出代价：以一巨大非常的目标，为一切手段辩护。他确信永恒是病体的特征，他探究所有种类的残疾，密谋对抗他的健康，他期待肉体的毁灭所带给他的救赎和胜利。如果他自放于其本性，他将灭亡；但由于他利用了其受虐的活力，他复兴了。克制太久，活力爆发。他变成了一个可怖的废人，转向天国，为赶走篡位者。那些以痛苦领悟创造之秘的人，分到了此种恩典——此种只在视健康为失宠的时代中才能找到的恩典。

每一灵感状态皆源于教化的虚弱，意志的不足。神圣——不间断的灵感——一任由自己死于饥饿的艺术，没有……垂死，一挑战，针对内脏，一示范，证明狂喜和消化不可配合。一饱食的人性生产怀疑论者，绝不生产圣徒。绝对者呢？一个餐制问题。没有几乎完全的食物禁绝，就没有"内炉"，就没有"内火"。阻止我们的食欲：我们的器官将着火，我们的内脏将自燃。凡耗尽其饥饿者，精神上皆死者。

为野蛮的冲动所驱使，圣者们试图控制它们，因此秘密地保存它们。他们不是不知道慈悲的力量取自我们的生理戏剧，为了投入万物，他们必须向身体宣战，毁之，杀之，克之。他们每一个人都会召唤一名攻击者，突然皈依于博爱，而后竭力仇恨自己。他们懂得如何自我憎恨，有始有终；但，憎恶一旦用完，他们就自由了，摆脱一切的羁绊：苦行向他们显示其意义及毁灭的效用，作为净化的前奏，解脱的序曲。接着，他们将向我们揭示，如果我们想要自由必须经受何等的痛苦。

我们的生活无论开始于何等的层面，唯有打破其表象的种种形式，我们才能真正拥有它，打破多少，拥有多少。厌倦、绝望、失去意志，皆有助于此，然而，假设我们完善我们的经验，体验它们，便有屈服于它们之可能，直至我们重新振作，将它们变成我们活力的补充。对于一个渴望于此的人，孰能比至恶者更丰饶？因为它所忍受的不是痛苦，而是痛苦之**欲望**。

对中世纪的癔症者，如何能嘲笑之？于斗室中你叹息或长啸：受万人敬仰⋯⋯你的错乱不至于将你引向精神分析。痊愈之惧，激化你的错乱，隐瞒你的健康，如遮盖一羞耻，如掩饰一恶习。疾病，全体之解救，万能之医药。从那时起，疾病身败名裂，受到抵制，虽继续统治，但无人喜爱，也无人探究。我们，皆病患，皆不知我们的疾病有何可为。我们的疯狂多数永远不被起用。

另一些歇斯底里我们很少欣赏，正是那些癔症产生了献给太阳、存在、未知者的圣歌。埃及的曙光，希腊的晨曦，神话的癫狂，古人们一开始就和诸种元素联系！恰恰相反，原初之景观无法令我们激动：我们的质疑，并非应律而舞，或在概念的卑劣中举步维艰，或在体系的嘲讽下面目全非。我们的颂歌之感性，起源之醉狂，惊愕之黎明皆何在？让我们匍匐在皮提亚的脚下，复活古老的灵术：**独一瞬间**的哲学，唯一的哲学。

当我们不再向上帝报告我们的秘密生活，我们能升至狂喜，等效于神秘家的狂喜，我们能征服此生而不求助于来世。如另一世界之执念纠缠我们，根据情况建设之，计划之，皆是可以的，但要满足我们对无形者之渴望。重要者，乃我们的感觉，乃其强度，乃其优点，以及陷入我们所祝圣的疯狂的能力。于未知者中，我们能至圣徒之所至，而不采用他们的方式。于我们而言，强制理性保持长期沉默就够了。

屈从自己，不再有东西能阻止我们对自身才能施以美妙的中止。凡隐约见诸此状态者皆知道我们的运动已失其常识：我们升入地狱，堕入天国。我们何在？此乃无对象之问：我们已身处**无处**……

愤怒与克制

修辞业

所谓的理念史无非是一行行的文辞被变为一个个的绝对者，此足可说服我们关注本世纪（20 世纪）最重大之哲学事件。

我们皆知"科学"凯旋于实证之时代。无论谁要求科学能平静谬想：只要他祈求"严格"者，或"实验"者，则无一不可。物质与能量随后显灵：其大写的威望无法持续太长。冒失而谄媚的演化以它们为代价而获其地位。科学，作为"进步"的深奥同义词，作为"命运"的乐观仿制品，意图消灭所有的神秘，支配全部的智力：一邪教，附身于它，类似于种种许诺于人民。尽管科学有机会存其风格，但它也不再召唤任何抒情之腔调：违背你自身去赞扬它，否则便显得保守陈旧。

回首 20 世纪初，我们的信念在概念中被动摇。直觉，及其侍者：绵延（durée）、冲力（élan），生命（vie），皆得利一时，皆主宰一代。此外，它需要新者：存在的转向即将到来。存在，一奇语，专业者和业余者皆因其而激动，最终我们发现其关键。我们不再是一个体，我们是一存在者。

谁会以各个时期编制一词典，制定一哲学潮流的普查？此举表明，一体系乃以其术语为期，且往往为其形式所消磨。即便一思想者使我们感兴趣，我们仍会拒绝阅读他，因为我们无法提供能涵盖其理念的词语器具。借于哲学者，于文学皆有害。（回想一下，诺瓦利斯的一些断章，皆败于费希特式的语言。）诸多学说皆亡于保其成功者，即文体。为了复活它们，我们以我们的术语重新思考之，或先于其制作，于其原初而无形的真实中，想象之。

要词诸多，其中，有一词尤为悠久，其职，乃兴忧郁之思。我名之为魂（Âme）。当时我们思考其实际的状态，观察其可怜的晚景，我们都惊呆了。它曾有美妙的**发端**。回忆一下新柏拉图主义所予之位：宇宙之本原，智界之派生。古代学说，凡铭于神秘主义者，皆以灵魂为基。较少关注其本质之定义，较多关注其于信徒之用处的基督教，将其贬至人之维度。在灵魂领悟其本质，享受存在之特权的同时，它有无限之真实，具诠释之原则，那一刻，它将是多么的悔恨！于现代世界中，它一点点重获其领土，巩固其地位。信者及不信者皆重之、惜之、用之；即便只是为了反对它，于唯物论之至盛期，我们仍要引用它；诸哲人，虽对此十分犹豫，然其体系仍为之保留一隅。时至今日，何人虑之？唯不经意而提及之；灵魂之地位，在于俗曲之中：孤独的旋律使之可以忍受，使我们忘其破旧。高论不再容之：被赋予太多的意义，被用于太多的用途后，灵魂，已消磨，已损毁，已堕落。其捍卫者，即心理学家，经过反复修补，反反复复之，终于完成之。因此，一旦我们悔恨于巨大成功的永久逝去，它将苏醒于我们的意识。可以说，贤者一旦崇拜之，将置之于神之上，为之献上宇宙，任其意处置。

苏格拉底的诡道

若苏格拉底明其心魔的本质，他将败损多数荣誉。于古人及今人中，他睿智的警觉创造了一有关于他的好奇；此外，许众哲学史家强调一事件有别于其关注的每一方面。此事件使人想到另一个事件：帕斯卡事件。**恶魔**、**深渊**：于哲学，它们或是两种刺激性的虚弱，或是两只陀螺……深渊，以问题论，我们承认，不算疑难杂症。感知它、依赖它，一个同理性搏斗的精神，于其方面，自然者莫过于此。但，于理性之概念的发明者，于理性主义的倡导者，此亦是自然者吗，他们亦依靠"内心的声音"吗？

对于追求传世的思想者，此种暧昧，无疑是丰饶的。我们不会太多关注那些一贯的理性主义者：我们猜测其出处，掌握其来源，弃之于其体系。整体算计，全体启发，苏格拉底为使我们惊奇，使我们困惑，他知道当予其矛盾术何种把戏。其心魔，完全乃一心理的现象，还是相反，关联于一深厚的真实？它乃神圣的起源，或只是一种道德之必需的回应？心魔，他真听见了吗？或者说，它只是一个幻觉？黑格尔称之为一完全主观的神谕，无丝毫外部者；尼采，则称之为一种演技。

如何相信有人能用其一生扮演一个能听见心魔的人？坚持一如此的角色，即使对于一如苏格拉底者而言，乃一艰难壮举，甚至是不可能之举。他受制于他的心魔，或只为某种目的而用之，均无关紧要！如果他整体制造其心魔，那毋庸置疑是因为他是受迫者，即便仅仅是为了使自己成为不可理解者。受困之隐士，其首务乃避其从者，固守一真实之奥或一虚假之秘。如何辨别真假心魔？如何辨别秘密及秘密之表象？如何得知苏格拉底者是胡言或是诡计？

如果苏格拉底的教诲让我们冷漠，那么他所激起的争论将继续影响我们：不正是他，使自己第一个成为一**事件**的思想者？不正是他，开始了无法摆脱的真实之问？

伊甸的阴面

当快乐之问取代知识之疑，哲学忽视其专有的领地，因其专注一可疑的活动：它关心人类……昔日它所不屑回答的诸多问题，如今将它留住，它试图回答之，以世间最严肃的态度。"如何不受苦？"乃诸问之一，乃首要问题。哲学进入一倦怠期，愈异于非个体之焦虑，愈异于知识之渴求，它抛弃思辨，弃之于歧途的真理，反对那些可减轻痛苦者。

一病弱而受役的希腊，求之于伊壁鸠鲁者，乃此种真理：一安息之配方，一焦虑之疗法。伊壁鸠鲁，乃希腊时代的精神分析家：以其方式，亦在揭发"文明之病"，不是吗？（每一混乱而精致的时代，皆有如弗洛伊德者试图清除人类之魂。）正是伊壁鸠鲁超越了苏格拉底，使哲学滑向治疗学。行医，尤其是自医，乃其雄心：尽管他想使人不惧死亡，不畏诸神，然其本人苦于两者。不动心，乃其自豪者，但不构成其普通之体验：其敏感，乃众所周知。鄙视知识，而后，轻蔑所受之谴责，我们明白此常是"受辱心"之固有特征。此快乐论者，乃一病者：他，似乎一日两吐。奋斗于诸多不幸中，其大恨者，乃"灵魂之苦"！他所获之点滴平和，无疑，保住了其信徒；满怀感激而天真的他们，予之圣贤之名。由于我们的幻觉大不如其同辈者，我们隐约而轻易地看见其伊甸的阴面……

圣保罗

我们可谴责他，多久都不够，因为他将基督教变成一粗野的宗教，将最可恶的旧约传统（偏执、野蛮、土鳖）引入其中。他太莽撞，他所混入的那些因素皆与他无关，他不理解它们，也无法控制它们！他的童贞之论，禁欲之谋，婚姻之说，简直令人作呕。为了负责我们的宗教偏见和道德歧视，他设置诸种愚蠢的规范，所增之限制仍在麻痹我们的本能。

他没有古代先知的抒情，也没有其无极而哀伤的声音，但有其宗派心，有其内心全部的恶劣品位、喋喋不休，以及供公民使用的胡言乱语。最终他关注风化。只要谈论道德，他就有恶意的兴奋。他存有城邦之执念，其所欲摧毁者，亦其所欲建设者，他较少关注人神之关系，较多关心人与人之关联。让我们详阅闻名的众使徒书：于其中，你识别不出倦怠之瞬、微妙之时、沉思之刻；其中一切，乃狂热，乃喘息，乃低级的癔症，他们不解知识，亦不解知识之孤独。无处不在的中介者，种种亲缘关系，家族精神：父、母、子、诸天使、众圣徒；无智慧之痕迹，无明确之概念，无欲**理解**之人。诸多原罪、种种报应，皆恶与善的会计学。一无甚疑问的宗教：乃一神人同形之淫乱。上帝，乃其所荐者，我为之羞耻；取消祂，乃一义务：无论祂于何处，祂总是败者。

老子和释尊皆不需一可识的存在；鄙视信仰的诡计，他们引导我们沉思，为了使这种沉思不至于空虚，他们定之为术语：得道和圆寂。他们有不同的人类观。

如何沉思，如果我们必须将一切都系于一个个体……最高者？以圣歌，以祈祷，我们无法探求，没有发现。因为懒惰，我们将神性拟人，祈求上帝。诸神不任之际，希腊人觉醒于哲学；概念发端于奥林匹斯的死地。思考，乃停止崇拜，乃反抗神秘，并宣告其破产。

皈依者，借用异于自己之学说设想自己迈出了朝向自我的一步，而他只是回避了他的难题。为免不安——其主导之情绪——他醉心于偶得的第一动机说。一旦"真理"在手，遂向他者复仇，因昔日之犹豫，因曾经之恐惧。如此，乃皈依者之病，乃圣保罗之案。他的浮华气掩盖不了一求胜而无功的焦虑心。

如所有的新信徒般，他相信，以其新信仰，他将变化其本质，克服其犹豫，不再警惕通信者，不复提防其听众。他的戏法无法再忽悠我们。曾有无数才俊甘心入彀。是的，确实如此，于求索"真理"之时代，对那些**病例**，我们没有兴趣。若于雅典，我们的使徒受到恶遇，若他发现彼此之环境抵制其作品，那是因**辩论**尚存，怀疑论者仍在，我们非但没有弃权，仍坚守其帝位。基督徒的空言成不了气候；他们不得不转而引诱科林斯——希腊南部的低端城市，辩证法之反感者。

罗马平民，欲为责难所惊愕，为威胁所震慑，为启示所惊叹，为哗论所哑然：他们皆爱高调者。圣保罗，乃古人中，一至灵感者，至天才者，至狡黠者。他于彼处所为之喧嚣，我们于此处尚能听见其回声。他善于登上草台，鸣放怒火。不正是他将一市侩腔调引入希腊罗马之世界？其同时期的贤者皆推荐沉默，劝告顺从，介绍弃绝，建议种种不可行者；他，乃更精明者，出现了，带着诱人的秘方：以这一秘方救赎乌合者，败坏精致者。他于雅典的复仇是全面的。如果他于雅典取得胜利，他的恨意可能有所缓解。万一失败，也不会有更严重的后果。若我们皆是残废的异教徒，是惊愕者、受难者，经历了一深刻而难忘的粗俗，一两千年之庸俗，那么此失败，当归功于他。

一非犹之犹，一堕落的犹太人，一叛徒，其呼吁，其告诫，其暴力，皆令人感到其不诚。他是可疑的：他太**自信**了。我们不知何处是其归宿，不知如何定义他；置之于一历史的十字路口，他所受之影响复杂而多样。于诸道之间一番犹豫，最终他选择了其中之一，即福音。其同类之人继续赌博：沉迷于子孙后代，沉迷于其行动所激起的回声，如果他们为一目标而牺牲自己，他们乃**有效**的受害者。

当我打开众使徒书时，我不知欲求于谁，但很快我就安心了。我有我的救主。他使我恍惚，使我颤抖。为了**进一步**憎恨他，以一当代的方式，我抛弃了20世纪，于其巡回中追随之，其成功使我沮丧，他所受之折磨使我充满喜悦。他传染我狂热，我转而反对他：此者，唉！乃不同于帝国之产物。

一腐朽之文明，勾结自身之缺点，喜好噬体之病毒，不再享受尊敬，任由一如圣保罗者横行……以相同方式，它承认失败，同意侵蚀，接受末日。其腐臭招致众多使徒，并使之兴奋，他们皆掘墓者，贪婪而饶舌。

一壮美而光明的世界屈服于"沉思之敌"的侵略，这些狂热者至今尚存，以一种厌恶与恐慌的混合物，煽动我们。异教以反讽治疗他们，反讽，乃一无伤的武器，因太高贵而无法将一冥顽的部族变成微妙者。所思之精致与所求之粗鄙不可较量。止于蔑视和微笑的高度，他将臣服于第一轮攻击，因活力——废物之特权——往往来自底层。

相比宗教之恐怖，古之恐怖乃千倍可取者。其头脑盲目狂热，其灵魂荒唐悔恨，拆台者们反抗一暮年社会的温柔梦，为了制造"心灵"而滥用其良知。其中之最有才能者，倒行逆施，起初，令众人厌恶，但最终，引人注目，令人震撼，使他们参与一令人发指的事业。

无论如何，希腊罗马的黄昏，于另一敌者，于另一许诺，于另一宗教而言，仍是可敬的。一想到基督之传说能轻易扼杀斯多葛之主义，如何能承认进步之幽灵！若斯多葛主义得以推广，能控制世界，人类则是**成功者**，或几近成功者。顺从，变成制从，教育我们有尊严地忍受我们的不幸，告知我们不要出声，要冷漠地面对我们的虚无。诗歌，它将逃离我们的风俗？诗意，皆去了地狱！作为交易，我们获一天赋，能受厄运而无怨。不指责任何人，不屈尊于忧伤，也不迁就喜悦，不俯首于悔恨，将我们与世界的关系简化成一失败之和谐游戏，活着，如泰然的因犯，不祈求神性，但可予之警告……此，乃不可能者。泛滥四溢的斯多葛主义，忠于其原理，有不争而亡的雅丽。一宗教立于一智慧的废墟：后者之诡计不适用于前者。人类总是如此，宁绝望屈服而不愿反抗。救赎者，乃他们所渴望，因他们劳苦而卑鄙，因他们无能无力，他们攀登不至非慰藉者，从中不得傲慢之理。凡以生存之种种希望陪葬死亡者，皆自取其辱。让群众及空言家，向"理念"匍匐，在其中沉没！孤独，非一主题，乃一使命：升至其层面，承受之，乃弃卑鄙之补给，乃舍可保一切之功成者，无论宗教或他者。理念史、作态史、心态史，回顾一下：你会发现**未来**总是乌合之众的从犯。人们不会以马可·奥勒留之名布道，因为他只自言自语，没有门徒，也无信众；但人们又不会停止建造神殿，并在其中引用一些使徒书，以求满足。只要如此，我将怒向其人，一非常之狡诈者，以其痛苦吸引我们。

路德

有信仰，并不够；重要者，乃受之为一诅咒，视上帝为一敌手，一诛杀者，一怪兽，我们热爱祂，但将我们所能支配、所能梦寐之非人皆投向祂……教会制之为一平庸的存在，一退化者，一可爱者；路德，抗议之：他主张，上帝非"蠢钝之人"，非"温厚之人"，非"戴绿帽者"，而是一"毁灭之火"，一狂暴之风，"比魔鬼可怖"，爱好折磨我们。并非路德于上帝有一羞怯的敬畏。一有机会，他便恶语向之，待之为同等者："如上帝不能保我生命，护我声名，归于彼者，唯有耻辱。"他懂得屈膝，善于卑躬，正如他懂得傲慢之道，以挑衅声祈祷，从叹息到责备，以**论战者**求告。在路德眼中，任何用于赞美、诅咒的词语，甚至最恶俗者，皆为美者。他要求上帝遵从秩序，赋予谦逊一新的意义，以此于上帝之悲惨和造物之苦难间他创造了一种贸易。再无虔诚，再无阉割焦虑！一点攻击，信仰复立：上帝不在意温柔的呼吁；祂欲望被质疑排挤，喜好祂和教会间的种种误解——此乃教会欲极力消除者。教会监视其信徒的**作风**，使他们隔绝于天国，而天国，只会回应那些诅咒、发誓、心声，回应藐视神学批评的言论或对上流品位的贬责，回应那些轻视……理性之审查的言辞。

如此理性，若不向哲人——以珍惜理性、守护理性为公职的一群人——发问，何用之有？为破理性之秘，须告之于那些为理性付出代价，融理性为一体者。路德称之为妓，非一单纯之偶然。按其本性，以其作风，理性，实乃娼人。装模作样、反复无常、恬不知耻，不都是其生存之道吗？因系之于虚无，因其乃是虚无，理性委身于人，人人皆可呼之：正义者和不义者，殉道者和暴虐者。理性，没有哪个动机她不放荡：置一切于同一层面，无犹豫，无偏好，无丝毫偏见；第一个来访者得其恩宠。唯天真者称之为人类之最大财富。路德除其假面。事实是，非人人可得魔鬼之拜访。

诸才俊，皆投身诱惑，以一点私心，共存于恶魔，为更好重获之而避之……"我承受之"，路德道，"悬于项上"，"彼与我同眠共床，常于吾妻"。他终于甚至质问："若魔鬼非上帝。"

其信仰非一避湾，乃一蓄意而稀有的海难，据其本人之观点，乃一暗礁，以恭维魔鬼，以复兴邪恶。一宗教，清则贫：其中之深刻者及致命者非神性，乃魔性。若令其避开同魔鬼的关联，则会使之血亏，使之无味，使之失位。信仰救赎之真实必先信仰堕落之真实：一切宗教之行动皆始于地狱之感知——此乃信仰之原料；天国，只是后来者，乃纠正物，乃安慰剂：乃一浪费、一多余、一对偶，为平衡对称之品位所必需。唯魔鬼，乃**必需**者。凡避之、弱之、绝之的宗教皆是冗长而说理的虔诚。凡不惜一切谋救赎者，绝不能成一伟大的宗教业。

乱良心之睡意，拒罗马之麻药，以暧昧的神性、全能的邪恶，反善神之形象、恶魔之无名：此乃宗教改革之功劳。宿命观，路德会之，乃一非德观。于他而言，另有理由，支持之，促进之。其布道，欲冲撞、气恼那些才子能人，加重他们的苦恼，使之陷入无可能的希望；一言尽之，他是在**减少天选者的数量**。他乃坦诚者，承认某些方面他屈服于敌之假想。这说明了其谴责多数信众的大胆。他想要改变方向？无疑。先知之厚颜，以其学说，甚至以其受害者，取悦我们……

虽无众望之才，但有救星之貌：直接源自路德的解放运动不止一个。只为更好地贬低其他的权威形式，他宣告绝对之权威乃上帝。"为诸侯者，"他说，"而不为大盗，乃近乎不可能之事。"叛乱之箴言是美妙的；胜之者，乃异端之箴言。若欧洲因分宗立派而确立界线，若欧洲之光荣乃异端当道，此皆路德之功。作为多数革新者之祖先的路德，其优势乃未中乐观主义之圈套，其缺陷却使多少革命活动声名狼藉。比我们接近罪之源头的他，所不能无视的是，解放人类未必是救赎之。

于中世纪和文艺复兴之间摇摆不定，于种种信念和矛盾的冲动中左右为难，苦恼的拉伯雷比任何人都适合兴复一衰弱中、一正失色的基督教。唯有他知道如何使之黯然。其虔诚，乃**无光**者。甚至，帕斯卡的虔敬，克尔凯郭尔的信仰，皆相形见绌：一者太文学了，另一者太哲学了。而他，其力量源于其农民的神经衰弱，他所具之本能，乃必须与种种善恶之力纠缠斗争。不拘小节、饶有趣味，其粗鄙，从不令人厌恶。

他没有谎言，也非古典的使徒：无学问之恨，也无学术之爱。其惊恐之放肆，显露一幽默之注释：此乃十字之发起者所尤为缺乏者。路德？一人性的圣保罗。

起源

气血之失眠，横行生机的恐慌，承受之后，我们不该重新假寐，重回至古孤独的无知吗？先于守夜，我们需要一个世界，我们嫉妒冷漠者，羡慕矿物之完美的麻木，在等待着众生，判决给所有生灵的种种苦难面前，它们能全身而退。岩石自信，所需无物，草木哑求，野兽悲呼，不得语言，默默痛苦。沉默的岁月，尖叫的年代，徒劳等待我们说出它们，指望我们成为其译者。我们，语言的叛者，所渴望的，唯无分者的统治，唯光明澎湃前的陶醉和黑暗，唯原始混沌之心的狂喜不断，时隔很久，于我们的最深处，于上帝的边缘处，我们才有机会再发现它们的踪迹。

超越自怜

不要视一自怜者为一失败者：其余力足可抵御种种威胁之危险。让他抱怨吧！此乃其掩饰其活力的方法。尽其可能，表现自己：其眼泪常有攻击之意。

不要再将自怜者的抒情或他的愤世视为其脆弱的症状；抒情与愤世皆源自一潜力，一扩张之势，一否定之能。根据情况，他两者兼用：他乃有备而来。此外，他很少无视一浅见寡识的生命所带来的慰藉，这一生命安息于、沉浸于他的绝境，自负于一失败中的高潮。故而他得以享受他的幸福。反方面，要关心那些不再自怜的人，那些拒绝其苦难的人，那些将自己逐出其本性及发声的人。一旦放弃哀叹嘲笑的能力，人将不再与其生活沟通，不再立生活为一客体。于远离自我之际，其痛苦将突然而至，若记录之，乃削弱之，乃制之为事实，乃弃之于物质。没有人知道其尚在抵抗者为何，甚至其本人也不知。智者被其迷惑，从他身边逃离：但他可能唤醒自怜或对疯子的妒忌，若智者能察觉，未失去其理性的他，比他们走得更远。

深渊的甜蜜

不宽容所有的答案，不宽容任何企图终结认知过程的想法，厌恶确定者，如此种种，当信徒历经之，他所思者，唯惩罚自己，因自身失守于救赎的魅惑。正因此，他发明了宗教之罪，或转向自己的"黑暗"，此者，效应之非常，非个体所能发明，占据信仰，动摇信仰，使之成为光明之中一失败。

我禁不住阅读诸宗教家的作品，沉溺于他们的惊惶，陶醉于他们的学说。帕斯卡的著述，皆令我出神入迷，我惊叹他乃众生之一。浪漫主义稀释了他的主题：塞南古，一冗长的帕斯卡；夏多布里昂，一浮华的帕斯卡。新近之精神分析，于其诸种动机中，有少数乃帕斯卡未涉及者，或未预感者。但他做得更好：以怀疑填充宗教，化之为一蓄意的惊愕，复立之于非信徒的眼中。雄心勃勃，左右纠缠，言其方式，冒冒失失，这位天国和地狱的新闻编辑，毫无疑问，必嫉妒列位圣徒，怀不敌之恨，抱无奈之憾，不得不对之以一残破的信念——一种幸福之苦，除此，他所能遗者，唯乏味的《小花》(*Fioretti*)，或催眠的《成圣捷径》(*Introduction à la vie dévote*)。[1]

相比上帝的恩宠，倦怠纠缠他多一点，他不停思之，使之成为我们的本质，成为精神的毒液，成为居于我们"心底"的原则。有人说他只是假装倦怠？荒谬者莫过于此。我们能乔作仁慈，或扮演虔诚，以信念祈祷（此乃他所为），携手根据形势摆明态度（此乃他所荐）；但倦怠，无实践、传统、方法可解决它，无学说提倡之，无信仰宽恕之。此乃一囚徒感。帕斯卡之所以回应倦怠之教唆，乃因为他在自身中发现了倦怠之存在，且可能爱上了倦怠之"毒液"。他为倦

---

[1] Fioretti，全名 Fioretti di San Francesco（《圣弗朗西斯之花》），是一本记载 12 世纪修士圣弗朗西斯的生平事迹的行传。《成圣捷径》，初版发表于 1609 年，由当时著名的法国教士圣方济各·沙雷氏撰写，对当时的天主教会影响颇大。——编注

怠所萦绕，正如他纠结于"荣光"，其口中的荣光极为尖刻，以致令人难以置信的是，这只是一借口，以揭发我们的虚荣。他描写我们所需的倦怠之欲，入微地分析之；可疑而启发性的细节：荣光之执念下常暗行倦怠之种种操作……

如所有道德家，帕斯卡，乃不伦者，忧虑于将我们束缚于我们的痛苦及我们的伤口，他教导我们憎恨自己，并品味自我之恐怖的种种折磨；如果我们的良心化脓，如果我们在狂喜中染上疫病，痴迷于我们的腐烂，那么责任，他负。

他既脱俗又耽欲，当他关心我们的卑微时，我们感到他因满意而颤抖；我们的虚无乃他的兴奋；凡废除我们者，皆令他激动，他热烈地面对无穷者和极小者，以鉴赏家的身份参与我们的堕落景观：从我们的疾病中萃取我们的享乐实质，此术道非始于他吗？

自恨之甜蜜，乃深渊之甜蜜！以自己立场看人者，莫再同情之：无疑，于其立场中，他获得快乐，同时，为保住其脸面，他假装成引起恐怖者。即便那些冠绝古今的天才，当涉及其快感时，皆欺人：皆为一窥伺深渊者。坦白快感，而无脸红，需新近时代之厚颜，需我们所有人都感受得到的对自身秘密之好奇。再者，于"心底"之种种探测必引导我们获无意识之发现，即帕斯卡式黑暗的最新版本。

迈向解救的第一步

无须为了做成一基本的试验，为了成功从表象中自行脱离，而给自己出种种难题；任何人皆可论说上帝，或模仿一形而上的虚饰。讲座会谈，备于闲散。普遍者莫过于假装的焦虑者，因一切皆可习得，甚至焦虑之感也可。

然而，真正的不安者，本质的不宁者，仍存在。通过他对词语之反应方式，你可识之。莫非他看到了词语的失职？先使他剧痛，后使他狂喜，这难道不是词语的失败？勿疑，你所面对者，乃一被解放者，或将被解放者。正是词语，使我们与万物关联，除非先自绝于词语，否则不能自断于万物。以词语为基者，即便理解一切智慧，尚在为奴中，仍在无知里。相反，凡反抗词语者或惊恐避之者，皆近于自由者。此惊恐，既无法习得，也无法感染：酝酿于自我之底。一可怜的疯者，以其紊乱之利，觉此恐怖，比一不能为之的哲人，近于真正的知识，近于"被解放"。此乃因哲学非但不灭非本质者，反而接受之，讨好之：所展现其一切之努力，皆非以预防为目的，以免我们感到词语及世界之双重的无力？

讽刺之言

一旦我们将近天国，讽刺就来疏远我们。"皆种种愚蠢，"它对我们说，"你们的幸福观，或为远古者，或为未来者。治愈你的思乡病，克服幼稚的执念，而不再纠结时间的开始和终结。永恒，乃死亡的时间，唯有白痴关注之。让瞬间作用，让它消灭你们的美梦。"将我们的目光转向知识？讽刺将指出知识空虚而荒谬："将万物贬为种种问题，有何益处？"你们的学识彼此抵消，最后者显然不比最初者高明。被禁于**已知者**中，你们只有词语的物质：你们的思想不参与存在。

当我们想到某些印度僧侣，惊叹于他们整整九年不懈沉思面壁时，讽刺再度介入，告知我们，在千万种痛苦的结尾，所得者只是千万虚无的开始！"你们看，"它暗示地说，"精神之冒险多么滑稽。让我们为了表象而将它们献祭。不要在表象的背后寻找实质，探索秘密：任何事物，无实质，无秘密。要防止自己探索幻觉，要克制自己侵犯唯一的实际。"

讽刺，持此语言，使我们对其逐渐习惯，这既不会损害我们种种形而上的体验，也不会危及诱惑我们将其创造出来的种种模范。当讽刺被幽默加剧时，会将我们永久逐出绝对**时间之外**的未来。

残暴——一种奢侈品

正常剂量下，恐惧，于行动，于思想，乃必不可少者，刺激我们的感觉并激发我们的精神；没有它，则无勇敢的行为，也无懦弱的举动……没有它，就没有行动。但当它大量地包围我们，涌向我们时，它将变成祸害的起源，成为残暴。战栗者皆寐求使他人战栗，生活在恐怖中的人必将在残暴中终结。罗马诸君，皆如此者。因为他们预感到他们将被谋杀，因此以大屠杀自我安慰……第一个阴谋之发现唤醒及释放了其心里的怪兽。他们以残暴为掩护，是为了忘掉恐惧。

但我们普通人，不可能自行残暴待人之奢侈，应当于我们自身，于我们的肉体上，于我们的精神上，练习我们的恐惧，减轻我们的害怕。我们内心的暴君战栗发抖：他必有动作，卸载其愤怒，着手其报复；他正是在我们身上实施其复仇。因此我们状态谦虚。当我们恐惧时，不止一人会召唤尼禄，那个因为没有帝国，只能侮辱折磨自己良心的人。

微笑分析

欲知某人是否为疯病所伺机，你只需观其**微笑**。

是否会给你一近乎不适的感觉？不要害怕，然后临时充当一精神分析家。

不附着于人之微笑，似来自他处、他者之微笑，乃可疑者；微笑，实来自另一处于等待中的疯者，他蓄谋发作，有备而来。

一道转瞬即逝的光芒从我们自身发出，我们的微笑，持续至其应当持续之时，而不逾其场合，不越其产生之理由。微笑几乎不会残留于我们的面容，故我们几乎无法发觉它：它紧贴一特定的情况，殆尽于瞬间。他者的微笑，可疑之微笑，依存于使之诞生的事件，代代之流传，经久而不衰。起初，它吸引我们的关注，教唆我们，然后为难我们，困扰我们，纠缠我们。无论我们如何枉然地试图不谈它，徒劳地尝试排斥它，它仍凝视我们，我们也凝视它。面对其影射的力量，我们既无法逃避，也无法自卫。它所引发的不适感将变大变深，将变成恐惧。但它无法自行结束，它自由绽放，从我们的交谈中脱离而出，无拘无束：

微笑其本身，可怖之微笑，乃可掩饰一切面容之面具——例如，我们的面容。

果戈里

一些证据，实属罕见，示之为一圣徒；另一些更多见的证据，示之为一鬼魅。"他的生命效应微乎其微，"阿克萨科夫于果氏离世之次日写道，"我害怕尸体，不忍看它们，但于其遗体前，我不觉恐惧。"

为一种终生不去的寒意所折磨，他不停复说："我冷，我冷。"奔波一城又一城，求医问药，起程于一诊所又一诊所：内心之寒，非气候可医。病因，至今不明。其传记作者公开谈论其阳痿。没有比此更绝的缺陷了。阳痿者会得到一种内在的力量而变得古怪难近，悖谬危险：他是可怕的。脱离兽性之野兽，无种族之人类，为本能所弃之人生，以所失之一切增高自己：此乃精神之最喜爱的受害者。设想一只阳痿的老鼠？啮齿动物们以完美的行动回应质疑。我们不能谈论人类的阳痿：越出众者，越自责于此种重大缺陷使之脱离于生物链。他们可完成一切，除了使自己成为生物学的门类。性使我们平等，更妙者：它带走我们的神秘……远非我们其余的欲望和事业，是它使我们和我们的同类同一水平——我们做得越多，越趋同于全人类，唯以此显著的兽性之功能，才能证明我们的公民之素养：没有什么比性行为更**公开**的了。

自愿或被迫禁欲，将个体同时置于人类之上或人类之下，使之为一圣徒和愚人的混合体，使我们好奇，使我们惊呆。因此，对于僧侣，对于任何不要女人的男人，我们会感到莫名的厌恨，因为他们抛弃了**像我们这样**的存在物。其孤独，我们绝不宽恕：它不仅羞辱我们，而且厌恶我们；它挑衅我们。种种缺陷，种种离奇的优越！果戈里坦诚终有一日，若他屈服于爱情，将"瞬间粉身碎骨"。一如此之供述，使我们震撼，使我们着迷，使我们想到克尔凯郭尔的"隐秘"，想到他的"肉中之刺"。然此丹麦哲人，乃一色情坯子，其婚约之中止，其情场之失意，使之终生痛苦，并烙印于其神学作品。我们应当将果戈里和斯威夫特比较吗？应当将他和其他"萎靡者"（foudroyé）作比较吗？我们将忽略这一点，他即便没有恋爱的幸运，至少有伤心的机运。要定位果戈里，我们不得不设想一个既无史星黛（Stella），也无万蝶纱（Vanessa）的斯威夫特。

《钦差大臣》《死魂灵》，其中人物，栩栩如生，然一名传记作家，视之为"无物"。而"无物"者，为"一切物"。

确实，他们"实体"不足；因此他们不够"普遍"。乞乞科夫、泼留希金、索巴凯维奇、罗士特来夫、玛尼诺夫，《外套》或《鼻子》的主人公们，如果不是我们自己，是谁贬低我们的本质？"一些小人物"，果氏说道；但他们成就了一种伟大：平庸的伟大。简直就像一个吝啬版的莎士比亚，专注观察我们的嗜好，监视我们最微小的执念，注意我们的日常结构。没有人比果戈里更深入日常之感知。由于真实，其人物皆成子虚乌有，皆成象征符号，于其处我们完全地认识自己。他们不会失色，他们从来就是败者。

我们不禁想到《群魔》，当陀氏之男主皆冲向其极限时，果氏之男主皆退向其极限；一者似回应一超越者的呼吁，另一者只是听从其不可估量的平庸。

于生命末期，果戈里悔恨不已：其人物，他认为，皆为恶棍庸夫、变态流氓。必须考虑一下给他们些许美德，挽救他们的声名，因此他写了《死魂灵》的第二部；所幸，他付之一炬。其男主皆未能"得救"。我们认为此举乃缘于疯狂，源于其艺者良心之踌躇：作者胜于先知。我们钟爱他的凶暴，钟爱他对人类的蔑视，钟爱他对一罪恶世界的幻觉：我们如何能忍受一说教的讽刺者？有些人说，这是不可弥补的损失；但不如说，此乃大有益处的损失。

临终之果戈里为一黑暗晦涩的力量所占据，他不知如何用之；经长久的恐吓，幽灵的恐吓，他陷入昏沉。幽默消失，他再也无法和"焦虑症"保持距离。冒险开始。其友人皆去之。他疯狂地发表其通信的摘抄，他承认，此举"于公众，于友人，于自己，皆是一种侮辱"。斯拉夫派和西方主义者皆弃之。他的作品，于权力，于农奴制，于反动思想，皆是一种辩解。因其厄运，他缠上了一名为马蒂厄的神父，此人不解艺术，思想狭隘，性格好斗，于果戈里，他是心腹者，也是拷问者。此人的信件，果戈里随身携带，反复阅读；愚蠢的神父，愚蠢的疗法，相比帕斯卡的"愚昧你自己"，这显然是一个愚蠢的笑话。当一作者天赋耗尽，其灵气之空虚，将被其良心领导的愚蠢占据。于果戈里，马蒂厄的影响远重于普希金；一者激励其天赋，另一者极力扼杀其余力……说教无满足，果戈里欲自罚；其作品赋予闹剧，授予丑剧一普遍的意义：其宗教的痛苦必有感之。

某些人可能想说其不幸皆应得，以此偿还其歪曲人类形象的放肆之罪。在我看来，恰恰相反，他应当为其正义观付出代价：艺术上，使我们付出代价者非我们的错误，而是我们的"真理"，此乃我们实际隐约之所见者。其人物纠缠他。赫列斯塔科夫者，乞乞科夫者，他忍受他们，他亲口承认，皆挥之不去：他们的下等将他压垮。他一个都救不了；作为艺术家，他不能救。当他失去天赋时，他想要完成自己的救赎。其人物皆阻挡之。因此，不顾自己，他继续忠于他们的空虚。

此刻，我们所思者，非作为教师的果戈里（套用圣西门之言，果戈里"天生倦怠"），非波德莱尔，非《传道书》，也非失业的心魔，即便他生活在一个没有邪恶的世界里，必有一存在将其祈祷变成自我之反对。于此阶段，倦怠获得一种神秘的神圣。"所有的绝对感，"诺瓦利斯说，"皆宗教者。"其倦怠，与日俱进，代其信仰，于他，乃绝对之感，乃宗教。

创言神

如有人问我，何等之人，乃我所最嫉妒者，我毫不犹豫而答：息于词语者，通过其认同的反应，天真地生活在词语之中，既不待之为问题，也不较之以症状，仿佛它们相当于真实本身，或似乎它们乃离散于日常之中的绝对者。反之，对于看破词语，识其深刻，察其虚无之人，我无任何嫉妒之动机。此人，与真实再无自发之交流；自绝于其工具，陷于一危险之自治，其所获之自我，乃使之恐慌者。词语逸之：不能触及词语，他以一思乡之恨追之，既无冷笑，也无哀叹，永不发言。若不再与词语相通，他将一事无成，恰恰，距离词语最远的时候，乃把握它最紧的一刻。

不适感——语言之所引发者——与真实之所激发者几无区别，空虚感——见之于词语之底者——将唤醒我们于万物之底所领会者。两种感觉，两种体验，客体与符号之分离，真实与标记之脱节，皆操作其中。于诗歌活动中，此分离取中断之状。以本能，挣脱俗成的意义，离开继承的宇宙，摆脱传授的词语，诗人，求索另一秩序，挑战显明者的虚无，对抗同样的视觉者。他进入言之神。

设想一世界，于其中，真理终被发现，无人不从之，于其中，真理将凯旋，将消灭近似者及可能者的魔力。诗，将成为不可思议者。但因为我们的真理和虚构几无区别，诗歌侥幸不必赞同之；它将为自己造一宇宙，与我们同真、同伪。但，它非广阔者，也非强大者。数量是我们的优势：我们成群，我们的惯例使我们掌握唯统计学能予之的力量。优势种种，再添一非较弱者：掌废旧词语的专利。我们的谎言所具的数量之优势将确保我们永远制胜诗人，确保论文正统与诗歌异端之间的争论永远不会关闭。

一旦我们经受怀疑论的诱惑，我们于功利语言领域中所体验到的愤怒将减轻，久而久之，将变成接受：顺从之，承认之。实质，于万物中者不多于于词语中者，所以我们顺应其不可能性，我们变得成熟，我们感到倦怠，我们放弃介入词语的生活：一旦我们觉察了词语的虚无，予之额外的意义，或强暴之，或更新之，又有何益？怀疑论：悬于词语之上的微笑……反复权衡之后，作用完成之后，我们将不再思考它们。至于"风格"，如有人继续献身，好闲者和诈骗者当负责任。

诗人，有不同之判断：诗人严肃对待语言，以自己的方式创造一语言。其全部独特，皆源自他不容词语，也不为词语所容。无法忍受平庸之词、陈腐之语，他注定为之所苦，为之而苦；然而诗人，正是以词语，试图自救，正是以其重生，至于得救。无论对于事物之观点多么歪曲，他从来就不是一个真正的否定者。欲振作词语，注之一新的生命，需伪造一狂热的崇拜，一诗歌之外的朦胧：发明——从诗歌的角度——乃成为一词语之共犯、一语言之信徒，乃成为一假冒的虚无主义者，所有言神之发展皆以清晰为代价……

我们不该要求诗歌回应我们的质问或回以某种本质的启示。其"神秘"堪比他者。那么为何我们呼吁它？为何——于某些时刻——我们强使自己求助于它？

当独自身处词语中时，我无法将最轻微的震动传递于它们，而它们看似与我们一样乏味，一样卑微，当精神之寂静沉重于客体之缄默，我们将一直下落，直至对我们的非人之恐惧将我们捕获。漂泊，远非我们的明证，我们突然明白语言之恐怖在于它能将我们投入沉默——在晕眩之瞬间，诗歌独自前来，为我们的确信之暂时失败，我们的怀疑之临时不在而安慰我们。因此，诗，乃我们**消极状态**的极致——并不囊括我们的全部时间，仅针对我们在言辞之宇宙中感到**不适**的那段时间而言。因此，诗人，乃一怪物，试图以词语自救，用空虚之符号填补宇宙之空虚（因为词语是他物？），为何不跟随他，在其出众的幻觉中？一旦我们抛弃当前语言的种种杜撰，以寻求其他的、不寻常的，甚至是严密的虚构时，他将是我们的救星。是否看上去任何的非真实皆优于我们的，是否看似有更多实质蕴含于一行诗中，而不在所有那些为我们的交谈祈祷所平庸化的词语里？诗歌，或近人，或远奥，或有效，或无端，此乃次要问题。练习，启示，有何关系？我们请求它，将我们这些人救出心情之沉重，消除论说之苦痛。即便成功，其所为之拯救，仅**片刻之久**。

因对立之原因，语言，唯利于庸人或诗人；即便我们有幸安息于词语，为了发现它们的谎言我们仍将冒险探索之。探索词语者，关心之，分析之，耗尽之，变之为幽灵。他将受到严惩，因参与其命运。任取一词，复说数次，察而验之：词，将消失，因此，某些东西亦将在他心里消逝。后数取之，续操作之。以此为阶梯，你将至你贫乏的辉煌，至言神的对跖点。

我们不会收回我们于词语的信任，也不会侵犯其安全，如果我们未临其深渊。其虚无源自我们的虚无。词语与我们的精神不再一体，它们似乎从未侍奉我们。它们存在否？我们想象其存在而未感觉之。孤独，词语留于我们者太多，我们留于其中者亦太多！我们是自由的，确确实实，但我们遗憾地失去词语的专制。词语，与万物同在；此刻，它们正在消失，万物预随之，并于我们的眼前缩小。一切减少，一切自消。往哪里逃？如何避免微小者？物质萧条，弃其体积，虚其领域……而我们的恐惧自我膨胀，占其空场，充当宇宙。

寻一非人之人

通过懦弱，虚无感被我们替换成自身的虚无感。因为普遍的虚无几乎不会打扰我们：于其中，我们常常看到一承诺，一碎片的缺席，一展开的绝路。

很长时间内，我坚持寻觅某人，他，了解自身和他人的一切，乃一邪恶的贤者，有先见之神力。每次我确信我发现了他，检查后，我不得不泄气：新的当选者仍有些污斑，有些黑点，我不知道何等的无意识之阴暗，或脆弱之隐秘，将他贬谪至凡人的层次。于其心里，我看到欲望之痕，希望之迹，一些悔恨之象。其厚颜，显然，乃不完全者。太令人失望了！我仍继续我的追求，永远追求我那些有罪的瞬间之偶像于某处：其人存在其中，或隐身，或乔装，或避人。我终因领会种族之专制而终止了追寻，不再寐求一非人、一完全信仰其虚无的怪物。设想其人，乃是疯狂：他不能存在，绝对的清醒不容于器官的现实。

自恨

自爱，乃易事：发于自卫之本能，兽类，只要有稍许堕落，则自知之。较自爱更难者，亦人之独出其类者，乃自恨。自人被逐出天国之后，自恨，尽其力，增裂人与世之间隙，保持人之觉醒，于瞬间之间，于人中之空隙涉入。意识，乃生自自恨，因此于自恨中我们必能见人类现象之出发点。我自恨：我是人；我绝对自恨：我绝对是人。有意识，意味着与自身分离，意味着自恨。自恨，活动在我们的根源，同时为智慧树提供元气。

故，有一世外者，同时也是离我者。我们不会把他滥列于众生，其与生之联系，非常表面；其与死之接触，同样肤浅。由于在生与死之间，并未发现他的确切位置，一开始他就作弊：一闯入者，一伪生者，一假死者，一诈骗者。意识，这一并未参与构成我们之所是者，这一与任何事物都不一致者，未能在造物之经济学中被提前预见。他知之，但无勇气，持之最后，同归于尽，也无胆量放弃意识，拯救自己。他异于其生性，独立于自身的包围中，不羁于此世界与彼世界，他不会彻底地认同任何真实：当他只是半真实，他如何同意之？一个**无存在**之人。

他迈向其精神的每一步，于其生命，都等同于一个谬误。为了重新类似万物，他何不终结意识之盲目！但，这种不思考之状态（这种状态将中止其罪恶感），他已脱离，通过其既不愿得到，又难以避免的自恨。远人类之行伍，避救赎之征途，他不断发明，为保住其**有趣**动物之声名。

意识，若曾有之，一临时之现象，他重返之，推动之，直至其爆发点，直至一同粉身碎骨。以自毁，至其本质，完成其任务：成为其自身之敌。如果生活曲解物质，那么他曲解生活。其经历将重复吗？此似非暗示一后继者：一切皆预示着他乃幻想的末人，为自然所允许之最后者。

悲剧的传染

　　悲剧之主角于我们之内心所激发的，并非同情，而是嫉妒，我们贪其苦难，羡其幸运，仿佛其苦难本当属于我们，仿佛他们偷走了我们的苦难。何不一试夺回它们？无论如何，苦难注定是我们的……为了使我们安心，我们要声明我们的苦难，扩大其体积，予之巨大的比例；在我们的前面，悲剧主角只能徒劳地激动或哀叹，他感动不了我们，因为我们不是其观众，而是其对手，其同剧场的竞技者，我们能承受其不幸胜于忍受其人：据苦难为我们所有，夸张它们，超越其**在舞台上**之可能。配备其宿命，比他更快地冲向其失败，我们最多报之以一优越的微笑，同时，留给孤独的我们自身以罪犯或凶手的优点，悔恨或赎罪的功劳。他就在我们的侧畔，其苦痛看来多么随便！我们承担其痛苦的责任否，我们扮演其所欲扮演而不愿成为的受害者否？但，讽刺啊，最后，死者是**他**！

言之外

一旦因于文学，我们会尊重其真理，努力予之实体，尽力填充其虚无。无疑，此乃一悲惨境地。但，有更恶劣者：因超越此种真理而无法掌握智慧。取何等的方向？何等的精神之领域定居其中？我们不再是文人；我们仍写作，但同时蔑视表达。保存一点天职的残余，而又没有勇气完全放弃它们，乃一模棱两可的立场，甚至，乃一悲剧，此为智慧所不知者，因为智慧恰恰存在于废除一切使命的莽撞中，无论文学，或其他事业。凡经文路而逢厄运者，必终身保持对措辞之崇拜，或某种迷信，认为其益处为词语所独享。忽视或畏惧所具之天赋的他，毫无信念地投入必然破产失败之事业工作，他，一扫兴者，悬于言说和沉默之间，一平庸的觊觎者，所窥视之空虚拒绝一切表达自己者，或自恋其本名者。"真生活"，于言之外。

然而，我们为词语所迷，我们为词语支配：我们难道没有发展至创造词语之世界吗？我们未将我们的起源比作饶舌，视为浮夸上帝的即兴创作吗？使宇宙之起源重归空说，立语言为创世之器，把我们的归于一虚幻之古代动词！我们发觉，文学，很久以前，就毫不缺荒唐，因为我们不害怕将物质的初次爆发归因于它。

谎言的必需

某个于其生涯之初，微见种种致命之真相的人，终不能与这些真相共存：继续对它们保持忠诚？那他将感到迷失。舍之，弃之——于他，乃与人生和解，出知识之路，去不可忍者的唯一之法。追求谎言，求一切推动行动的虚假，他以之为偶像，守之待救赎。一旦谎言灭其好奇之心魔，僵其求知之精神，任何执念，皆能迷之。因此，或以祈祷，或以其他一切怪念，中止思考之过程，辞知识之责任，于一神庙之中，或于一疯院之内，偶会完美存在之幸福，如此者，他皆妒之。他愿付出何种代价呢，为能如同他们，于一谬误的荫蔽中狂喜，于一愚蠢的庇护下欢跃！他将试之。"为免我的毁灭，我要参与此博弈，我将坚持不懈，以顽固，以任性，以蛮横。呼吸，一使我着迷的反常。空气躲开我，大地震动于我的脚下。我召集全部的词，命之自组为一祈祷。此等词语皆保持无动无声。此乃为何我呼喊，我不断呼喊，'任何都好，我的真理除外！'"

看，他准备摆脱它们，置之为废品。同时，他庆祝一长久渴望的盲目，之后，苦恼缠身，勇气尽失：他惧其知识的复仇，怖其明见的复归，怕其确信的入侵，因其所苦已太多太久。其救赎之路就似一新的耶稣之十字，此足丧一切之担保。

怀疑论之未来

天真，乐观，高贵——皆见之于植物学家、纯科学之专家、探险家，从未会之于政客、史家、教士。第一种皆不顾其类，第二种皆以人为行动之对象，或研究之客体。以人为邻，我们皆会尖酸刻薄。有些人，虽将其思考献于人类，考察之，欲助之，但终有一日，或早或晚，将轻蔑之，将视之为恐怖者。若说世上曾存有真正的精神分析家，那么最清醒人类之典范者，当属教士，其不能以职业予微毫信任于其邻者。因此，其气派，是懂行的；其诡计，其蜜语，是假装的；其厚颜，是深刻的。于其中，有些人，实乃极少数者，滑向神圣，而不能及之，只要他们进一步发觉其群体之封闭：他们皆误入歧途，皆**恶**的教士，既不适于如原罪的看客那样生活，亦不适于如原罪的寄生虫那样生活。

欲治愈与人有关之一切幻觉，他必须会忏悔之知识技能，具告解之百年经验。教会因太古老和太清醒而不再相信人之救赎，不再以偏执为乐。虔诚者许许多多，可疑者数不胜数，与他们斗争以后，她不得不厌恶其犹豫和痛苦，反感其坦白，以理解他们且厌倦他们作终。两千年，皆在灵魂的奥秘里！即便于它，此亦太久。憎恶之诱惑，至今奇迹抵抗之，目前它顺之：它所负之良知，纠缠不止，使它疲累。我们的悲苦，我们的卑污，不再激发其兴趣：其怜悯，其好奇，皆为我们所用尽。因为它非常了解我们，因此它鄙视我们，让我们奔波，四处寻找……已然，狂热者皆弃之而去。不久，它将是怀疑论的最后庇护所。

恐怖的变迁

自文艺复兴开始，科学试图使我们相信我们生活在一个冷漠的自然里，既非敌意者，也非好意者。我们的恐惧储量之缩减将是结果。此危险不可不察，因为此恐惧，乃我们之存在、平静的论据之一、条件之一。

此恐惧赋强度和活力于我们的状态，它激发我们的怜悯和讽刺，我们爱正如我们恨，皆提升、增进我们的每一感觉。它越紧追我们，被围捕就越使我们满足，越使我们渴望不定者和危险者，渴望一切之机会，或征服或屈服。无克制，无风度，它展现其鲁莽之天赋，其兴致，我们畏惧之，珍爱之。它带给我们多少的战栗，我们就投给它多少的狂热。逃离其帝国，无人思考过。它统治我们，它控制我们，同时我们乐于看到它自信满满地管理我们的胜败。但，似在躲避变化的它，应当忍受变化，甚至是最残酷的变化。急不可耐的进步驱逐它，在其打击下，尤其于最近之世纪，它开始隐蔽，开始害羞，甚至羞耻，开始逃跑，几近消失。我们的世纪，更加明显，将因恐慌于此而灭亡：它想要知道，我们以何驰援它，以何归还其古代的地位，以何恢复其权利？科学亲自负责它：科学，是威胁，是恐怖之源。此种恐怖的数量，对于我们的繁荣，为必不可少者，目前我们皆自信掌握之。

一已至之人

深奥之常客、之密友，"神秘"无法使之敬畏；他不以任何方式谈论之，也不知此为何物：他活在其中……他运动于其中的真实不包括任何的其他者：无更低也无超越之地带；他乃最低等者，乃超越一切者。陶醉于超越性，优越于其精神的操作及自缚之奴役，他，满足于其无尽的好奇之缺席……宗教，或形而上学，皆无法使之惊奇：若他已至高深莫测中，他还探测什么？无疑，他感到满足；但他不知他是否依然存在。

我们确信自己，以至于在一既定事实之后，我们还追求另一真实，另一超越绝对本身，我们仍在追寻的真实。神学止步于神？绝不。它欲登临更高处，正如形而上学在搜寻本质的同时，并不屈尊停留于本质之中。神学与形而上学，皆畏惧扎根于一最终原则之中，它们历经一个又一个秘密，极力奉承不可言传者，并无耻地滥用之。神秘意外之收获！但那些认为已抵达神秘，自以为了解神秘，且已停驻于其中的想法，是何等的诅咒？探索不再存在：它触手可及。一死者之手可及。

悲伤的浪费

1

突然，从万物的顶端我滑落至每一客体的不存在。自我：一标签。平行于我的脸，我打量自己。每一物，皆他者，万物，乃他者。某地，有一只眼。谁在观察我？我感到害怕，而后，我在我的恐惧之外。

外在于瞬间，外在于我曾经的主体，我如何能让自己参与时间？时间，变得干瘪，生成，被生成。再无半点空气可供呼吸、呼喊。呼吸现如今是被否认的，观念正陷入沉默，精神也曾是这样。在卑污里我拖出全部的"是"，紧贴此世界好不过枯骨的戒指。

2

"他者，"一流浪者曾告诉我，"皆向前寻找快乐；我，向后。"幸福的流浪汉啊！我甚至无法后退，我停了……而且真实本身停了，因我的怀疑而固定了。我越培养我确定的部分，就越投入万物之中，越向它们及我的不确定复仇。由于我无法设想也无法迈出朝向任何界面的一步，一切停顿了。一先于世界的懒散将我钉于此瞬间……然而，当我为了撼动它，而警告我的本能时，我落入另一懒散，此悲剧的懒散名为忧郁。

3

肉体的可怖，器官的可恶，每一细胞的可恨，乃原始的恐怖，乃化学的丑恶。我体内的一切自己分解，甚至此种恐怖亦然。何等脂肪，何等恶臭，精神被安置其中！此躯体，其每一毛孔皆足以消灭臭气而恶臭宇宙，不过是一堆垃圾，流淌着几近肮脏的血液，不过是一块肿瘤，毁损地球的地形。超自然的恶心！靠近我者，皆启示我，不顾自己将步入腐烂，一苍白的命运伺机之。所有的感觉，皆是葬礼的，所有的快乐，皆是坟墓的。何种沉思，无论何等阴影，能得出我们快乐的——如噩梦般的——结论？于种种堕落者的中间寻觅真正的形而上学者，于其他地方你无法发现之。正是以耗尽、扼杀我们的感觉的方式，我们察觉我们的虚无，发现我们的深渊为我们的快乐所片刻蒙蔽。太纯，而且太新，我们的精神救不了此陈年的肉体，其腐败繁荣于我们的眼底。凝视之，我们的无耻自己退去，消化成泪水。我们当受其他的酷刑，一更不堪忍受的场景。说实话，我们的肉体中，我们的灵魂中，皆不存在拯救。如果我编制我的生命清单，我将发现，无疑，任何者皆不能独自满足诸地狱的需求。

《启示录》中有言，最恐怖之刑罚等待那些额上未烙有"上帝之印"者。所有人皆被赦免，除了他们。其痛苦似为蝎子所蜇者。他们徒然寻求死亡，死亡就在其体内。

不要烙上"上帝之印"。这一点我很清楚，这一点我很清楚！

4

——我想到这位符合我心意的罗马皇帝，提比略，想到他的尖刻和暴虐，想到他的岛屿之执念，想到其于罗德岛的青春岁月，想到其于卡普里的暮年时光。我喜爱他，因为邻人于他似乎为不可思议者，我喜爱他，因为他不爱任何人。冷酷无情的怪物，骨瘦而脓包，唯恐怖能温暖之，他有流亡的激情：似乎他列首位于其所制之流放名单……为了感到活着，他必须体验恐惧，且激发之：如果他畏惧所有人，他需要反过来让每个人都惧怕他。他来往于卡普里和罗马郊外，皆因不敢入之，他厌恶人民的面容……他孤独如斯威夫特，此另一时代的时评作者，此先于人类的时评作家。当一切离开我，当**我离开我自己**时，我想到他们两者，我紧扣其厌恶和凶残，我依靠他们的晕眩。当我离开我自己，是的，我转向他们：唯有虚无能使我离开他们的孤独。

5

于一些人，幸福，乃一非常感觉，一旦体验，他们必会惊慌，必会探听其新的状态；于其过往中无类似幸福者：此是他们首次离开**最坏者**所提供的安全感。一不期而至的光使他们颤抖，仿佛许多的太阳为了点亮破碎的天堂而悬挂到他们的指尖上。此幸福，是他们所期待的解救，为何它会有如此的形容？将作何？可能，此幸福不属于他们，可能它错误地降临他们。全体被禁止，全部被震慑，他们试图并之于其本质，试图掌握之，如可能，永久地占据之。他们为之而做的准备严重不足，要享受它，他们必须并之于其古老的恐怖。

6

信仰，它自己解决不了任何事；你予之你的爱好和缺点；如果你是幸福的，它将增加你与生俱来的幸福数量，如果你天生不幸，它将为你呈现你心碎的加剧，上演你状态的恶化：一**地狱的**信仰。永久地驱逐出天国后，你将感受到的怀念，似一次又一次的酷刑折磨。你祈祷：你的祈祷，无法减轻，反而加剧你的后悔、你的内疚和你的痛苦。说实话，每个人皆于其信仰中重获其所投入者：以信仰，天选者美美享受他们的救赎，被弃者深深陷入他们的悲惨。怎能有此想法：信仰足可以征服不可解者？信仰，不存在，存在者，乃多种多样而势不两立的信仰之形式。无论信仰是什么，你不要期待任何的救援：它能使你更多地成为你一直所是者……

7

我们的快乐，没有丢失，也没有溜走；以另一方式，它标记我们，不亚于我们的痛苦。其中一种似已消失的快乐，可将我们救出危机，并在不知不觉中反驳我们的某种失望情绪，反驳弃绝之诱惑。它在我们内心所创的新关系，是我们意识不到的，所加强的许许多多的小希望抵消了我们的记忆之倾向，其倾向保存残酷者和恐怖者的遗迹。因为它是唯利是图的，我们的记忆：它支持我们的痛苦动机，它卖身于我们的痛苦。

8

按卡西安、埃瓦格里乌斯和圣尼卢斯[1]的说法，最可怕的魔鬼莫过于倦怠者。屈服于之的修士将成为其猎物直至生命的末日。紧靠窗口，向外探头，期待访客，无论何者，为求争论，而忘自身。

自脱于一切，而后发现，我们皆在谬路，于孤独中苦苦等待，而不能离开！因有一修士功成，必有

---

[1]约翰·卡西安（John Cassian），4世纪神学家，著作有《隐修要则》（*De Institutis Coenobiorum*）、《对谈录》（*Collationes Patrum in Scetica Eremo*）等。埃瓦格里乌斯·庞帝古斯（*Evagrius Ponticus*），4世纪修士、神学家，卡西安的老师，创作了大量的神学著作。圣尼卢斯（Nilus of Ancyra），4世纪神学家，拜占庭主教。——编注

一千者失败。失败者们，堕落者们，看破其祈祷之无效，期以歌唱补之，加之其狂喜，施之其喜悦的训练。魔鬼的受害者，怎样他们才能提高其嗓音，向谁发声？既远离恩宠，也远离时代，他们日复一日将他们的枯燥较之于沙漠的不毛，比之于其空虚的实象。

紧靠我的窗口，我的贫乏将比之于何，如不是天国者？然而，**另一**荒漠，真实的，纠缠于我。只要能到那里，我就能忘记人类的气息！作为上帝的邻居，其悲痛，其永恒，我将玩味之，它们皆我所梦寐者，在一遥远斗室的记忆苏醒于我内心的瞬间，我梦到它们。前生之中，何等道院，为我所弃，为我所背？我未发出的那些祈求，我所放弃的那些祈祷，如今，纠缠不休，同时，在我大脑中，我所不知的天国，成形、消失。

9

阿里！阿里！如此之苦行者，虽发誓放弃词语之创作，而未能弃发誓之言辞，在任何情况下，永远无法以他者起誓。此乃他面对自身沉默之政权时，所允许的唯一之犯禁。

祈祷：乃一向神作出的让步，乃一些**句子**，假定全部的顺意。我们的苦行者，献身于本质，献身于被弃之语言，表象之符号：重操语言者，皆背离绝对者，即便他禁欲苦修或认同信仰之大谬。人人皆是如此，所有圣徒更是这样。阿西西的方济各是一话痨，如其门徒，如其敌手。只有一物是重要的，只有一词是重要的。我们说话，是因为我们未发现那物，永远不会发现之。

10

唯一值得信任之人，强迫自己放弃才能：一旦他做到这一点，他将杀死一头怪兽，**此怪兽曾是他**，只要他积极行动，积极成功。我们只有以自身的纯洁——我们的缺点之总和——为代价，才会进步。一朝向耻辱的冲动，支撑我们，贯穿我们，我们的行为皆阻隔我们于天国，增强我们的堕落，坚定我们对此世界的忠诚：任何向前的运动，都将激化并巩固我们的生存向着古代倒退。

解散生物是不够的：必须继续解散万物，厌恨之，废除之，一个接一个。为了重获我们最初的缺失，让我们反向追随我们的宇宙起源说，因为死亡的腼腆击败我们，至少毁灭我们心中此世的一切痕迹，直至消除我们曾是何者的最后记忆。希望某位神明施予我们力量，使我们和万物分开，使我们背离万物，赐予我们一无名怯懦的莽撞！

虚空的狂欢

艺术家，若无手段离开其倾向的领域，只能前往存在的隘区。他眼罩障目，见识全无：其天赋，乃其短处。甚至，只要他天分不失，他仍旧是其观点的囚徒，一予之**限定**观点的厄运的俘虏。

毫无天赋，实在是好，真是自由！万物皆献身于你，万物皆属于你；支配空间的你，经历一个又一个的客体，一个又一个的世界。宇宙于你脚下，你一下子就到达了幸福的本体：于存在之零点的赞扬，换位生活，提升至呼吸状态，至无神秘呼吸之的永恒状态，亦无加重之。

上帝，必须无处不在，为无处不在之奴隶，祂自己，乃一囚犯。比祂更自由，比祂更轻快的你，享受缺席，你探索之，全凭你的意愿：丧权的物质，无音的叹息，为失去生与死的实践而欢乐。

每一得天赋者，亦当得同情：画家，从色彩中还能引出什么？诗人，如何能唤醒疲累沉睡的词语？对于一所有声音组合皆被想到的世界，乐师有何可说？深感不幸的他们，完全地投入无法摆脱者。我们当给予他们额外的关切，不要辱骂他们的混乱，这样便能使他们忘记其艺术的无路，其穷困的状况。

不宣扬我们的幸运，就无法使他们沉默。感激此天意，卸下我们的天赋之重，祛除我们的才能之祸。此天意，夺走我们的一切，同时，送给我们一切。我们的大贫乏无论是出于其悲悯或其无心，我们的智慧不会允许我们作出决定。不会改变的是，它给予我们一无双的恩惠：我们被抵押给了我们所没有的全部的天赋，不是吗？成为虚无——无穷之力量，永久之欢宴。

永不停息的艺术家，必须维持其秩序的缺席，浪费其精力，伪造幸与不幸，必须创作。贤者，不参与任何工作，尽力乏味，积累其几乎未费之力。真理，他获之以损害明达者，损害沟通，损害一切滋养艺术并为其辩护者，因艺术乃真者之阻碍，谎言之承载。扼杀其创造力，驾驭其行动和冲动，排斥担忧和狂热的效用。（世无天才的贤者。）能维持其好奇心的，既非贪恋心痛的悲剧，亦非作为贪欲之空间的历史：他已超越两者，他重聚种种元素，拒绝创造，拒绝模仿上帝和魔鬼，醉心于一长久的有关天使和白痴的沉思，沉思其愚蠢的卓越，他欲达到之，**以种种清醒的手段**。

此乃"创造者"之专长，先滥用其能力，后耗费其自己：其力量皆弃之，其执念之强度自己减弱。如果他保持其活力和理智，他就无法保持其激动的能力。其衰老，真乃其末日。贤者，相反，乃于其生命的终期，完成自己，战胜自己。几乎无法想象他被耗尽；此品质，来自某个瞬间，适合所有的艺术家。作品，皆源自一自毁的欲望，皆自立于一生活的损伤。贤者不知此欲望，或已克服之。其最大之雄心：过而无迹。但其意志中的此种力量将消除我们的困惑。其秘密，我们很难成功识破之：如何生存，不自毁每一瞬间？然而此秘密将隐约可见，当我们接近我们自己，接近我们的最终的真实。言辞，将失去一切的效用，无一切的意义，显示为一远古庸俗的代理。万物在变，直至改变我们的观看方式，仿佛我们的目光凝聚其本身上，掌握一宇宙，一不同于物质者。事实上，此世界不再进入我们的感觉之领域，为我们的记忆所永存。所转向者，既不支持词语，也不欲俯就之，我们慵懒在一无品质的幸福里，在一个无定语的颤抖里。午睡在神之中……

生存的诱惑

有些人，他们从肯定到肯定：其人生——乃一系列之"是"……完全赞同真实者，或其眼中之如此者，他们赞成一切，对于表达其同意不觉丝毫尴尬。毫无意外，对于将要发生的种种事物，他们既不作解释，也不做排名。他们越任由自己为哲学所污染，便越是成为生死大戏的**最佳观众**。

其他者，那些惯于否定之人，其肯定所需的不只是一神志不清的意愿，还需要的是耗费自身，是一牺牲：即使最少之"是"，也能耗费他们不少！何等之否定！他们知道，"是"，绝不会独自前来，一"是"牵连另一"是"，甚至一系列的"是"：他们如何能轻冒此险？尽管如此，"非"的安全性使他们愤怒。因此他们不承认任何事物的欲望和好奇诞生于他们的内心。

否认：精神之解放，无及此者。但否定唯有在我们竭力征服它、适应它时，才是丰饶的；一旦获之，我们皆为其囚徒；它乃一锁链，似一切之枷锁。比起向往奴役而为奴，更有价值者，乃朝向为存在而奴役，尽管其中不得不伴随着某种折磨，但多少有用于避免虚无的感染，脱离眩晕的安逸。

长久以来，神学家们指出：希望，乃忍耐的果实。我们应当添加一点：亦是谦虚的成果。傲慢者，不留时间于希望……他不愿也不能期望，施暴事件，如同施暴其本质；是苦涩的，也是腐败的，当其反叛力竭，他只能认输：于他，无调停之法。虽然他是清醒的，此不可否认；但我们不能忘记的是，对于那些无能于爱，那些既自绝于他者，也自绝于自我的人来说，清醒是他们所共有的特征。

"是"之最伟大者，乃死亡之"是"。可表达之，以许多方式。

有些人，乃白昼的幽魂，为其缺乏所害，于一边生存，沿着路行走，步履几近无声，且不看任何人。其眼中无不安之神，其姿态无焦虑之心。于他们，外部的世界已停止实存，他们皆屈服于完全的孤独。专注于他们的不专注，关注于他们的超然，他们皆属于一未公告的宇宙，位于未闻之回忆和确定性之紧迫的中间。其微笑中有千次失败的恐惧，亦有战胜恐惧的优美。他们穿过万物，他们穿越物质。他们抵达其自己的原初否？或于体内发现光的源头否？任何的成功，任何的失败，皆动摇不了他们。不依赖于阳光，他们自给自足，皆被死亡照亮。

我们无法识别此瞬间：一侵蚀活动发生其中，损害我们的实体。我们只知道，我们的毁灭观一步步到位，一空虚就会一点点产生。出现了一种隐约的，几乎是草创的想法：似乎此空虚是在反思自己。接着，一洪亮的变形，于我们的最深处出现一音调，因其坚决，而能麻痹我们，也能给予我们一冲动。我们皆恐惧的囚徒，皆怀乡的俘虏，或俯首于死，或直面之。

若此音调永存其出现之空虚，此将是恐怖者；若变空虚为充实，此将是怀乡之情。根据我们的结构，于死亡中我们将看到一亏损，或存在的超额。

影响我们的时间感，此迟来之收获，恐惧会先袭击我们的空间感，我们的紧迫感，以及我们的固体幻觉：空间，粉碎了，飞走了，成空了，透明了。恐惧代之，扩张自己，取代诱发自己的真实，取代死亡。所有我们的感受，我们发觉，皆沦为一交易，发生于我们的自我和此恐惧之间，此恐惧，立于自治的真实，孤立我们于一无客体的战栗之中，隔绝我们于一无由的颤抖里，甚至使我们冒险忘记我们正在走向……死亡。取代我们的根本之担心，乃恐惧之威胁，仅此而已，既不愿吸收之，也不愿耗竭之，我们永存之于我们的内心，似一诱惑，置之于我们孤独的中心。进一步，我们皆是恶徒，非死亡的邪者，而是死之恐惧的败类。这就是所有我们未能克服的恐惧：突显产生之的种种动机，恐惧，组成为独立的真实，自立为暴君的真实。"我们生活在恐惧里，也就是说我们的末日到了。"佛陀此言可能想说：不要让自己停留于恐怖向世界现身的阶段，使恐怖成为死亡，使之为一封闭之世界，为一种空间的替代物。如果恐惧支配我们，它必会扭曲我们的万物观。无法掌握恐惧，也无法利用之，如此者，久而久之，将不再是自我者，将失去其身份；恐惧是丰饶的，只要我们抗拒之；屈服者永不能重获自己，对自我，背叛再背叛，直至于其想象的恐怖中扼杀死亡。

某些问题，其魅力来自其严格的缺席，如同其所引发的种种分歧意见：重重之艰难使业余者醉心于不可解者。

为了向自己提供论死亡的"文献"，查阅一篇生物学论文不会有更多收益，相比求问教理：只要死亡涉及我，于我，此皆无关紧要者，或死于原罪的后遗症，或死于细胞的脱水病。绝不受限于我们的智力程度，死亡，如一切私人问题，留待于一无意识的知识。我有接触过一些文盲，相比形而上学家，他们更中肯地谈论死亡；其毁灭之代理为经验所识破，他们献一切思考于死亡，所以死亡不再是一非个体之问题，而是其真实，其死亡。

但，于其之中，文盲或非文盲，不断想到死亡，多数者，乃为其剧痛之前景所惊愕，从未有片刻之认识，即便他们活一百年，存一千年，其恐怖之理由无丝毫之改变，剧痛不过是我们灭亡过程的一个变音，共存于我们有限时间的一个过程。生，远非如比沙（Bichat）所思，乃抵抗死亡的功能之集合，而是引我们至死的功能之集合。我们的实质衰减于每一步；此虽为衰退，但，一切之我们的努力当力求使之为一兴奋剂，为一效率之原理。有些人，不知如何获益于其非存在的可能性，他们仍是其自己的陌生人：他们皆是木偶傀儡，配备一自我的玩物，无知觉于一中间的时间中，非有限之时间，亦非无限之时间。生存，即是利用我们的部分非真实，即是激动于与我们心中之虚无的接触。傀儡者，仍旧感觉不到其存在，抛弃之，任之衰败。

生长的退化，侵入我们的根源，死亡粉碎我们的身份，只是为了更好地允许我们接近它和重建它：

死不具有意义，除非我们予之生之一切属性。

尽管，于开始，于它的第一感觉，死，自示为解体和消亡，此后，它向我们同时揭示了时间的不值和每一瞬间的无限珍贵，它有补品的功效：如果它所呈现的只是我们的空虚之相，以此，使此空虚为绝对，引诱我们依附之。因此，在平反我们的"致命"面，死亡，自立为我们每一瞬间的维度，成为凯旋之剧痛。

何用之有，于任何的坟墓固定我们的思考，于我们的腐烂投下我们的赌注？精神之损害，死亡致使我们腺体报废，解体发臭，成为垃圾。某人，自称活着，只能于此范围中，要么他已经回避其尸体的观念，要么他已经超越之。反思死亡的实情不会有任何益处。如果我赋予肉体向我口述其"哲学"的自由，予之强加于我其结论的权利，先于理解它们，最好我了断自己。因，肉体所传于我之一切，皆可废我，无有解救：肉体，不厌恶幻觉吗？它，作为我们灰烬的译者，不来驳斥我们的妄想，我们的妄言，我们的希望，于时时刻刻？因此，超越其种种争论，合力斗其种种明证。

为重获青春而接触死亡，此要求我们投入全部的能量，必须为死亡设想，以济慈为例，一几近爱情的眷恋，或者说，同诺瓦利斯一起，使死亡成为"浪漫人生"的原则。如果后者推动其乡恋至于色欲，如果说确有人耽欲死亡，那么乃另有属者，属克莱斯特，从死亡中取得一完全内心的"幸福"。"Ein Strudel von nie geahnter Seligkeit hat mich ergriffen…"（一不可思议的幸福的旋涡包围了我……），他写道，于其自杀前。非失败，也非弃权，其死亡，乃一至福的暴怒，一典范的、协调的疯狂，一罕见的绝望之成就。诺瓦利斯乃第一者，"以艺术家之方式"感受死亡，席雷格尔之言，于我看来，于克莱斯特，更为确切，赴死之准备，无人似之。无与伦比，完美，一机智的杰作，一品位的名篇，其自杀，使一切其他之自杀皆为徒劳。

不只是深渊之完成，更是青春之毁灭，死亡使我们眩晕，是为了更好地提升我们至我们自身之上，以同样的方式，爱情类似死亡，不止一个方面：两者，压缩我们的存在范围至使之爆炸的程度，破坏我们，也巩固我们，以充实，迂回地毁灭我们。其元素，不可减之，也不可分之，构成一意义不明的基础。如果，至某一点，爱情毁灭我们，那么乃是以巨大的膨胀感和骄傲感！如果，完全地，死亡毁灭我们，那么乃是以巨大的战栗！以种种感觉，重重战栗，我们超越我们心中的人类，超越自我的偶然。

由于此二者在一定程度上——我们投射我们的欲望和我们的冲动于它们的程度，以我们的全力促进其模棱本质的程度——定义我们，若我们视之为外部之真实，供之于智力之游戏，此二者必不可理解。我们沉溺爱情，正如我们沉溺死亡，我们不沉思它们：它们享受它们，我们皆是帮凶，我们不权衡它们。此外，一切之体验，未变成享乐，皆失败的体验。如果我们将自己局限于诸如此类的感觉中，它们将显得难以忍受，因为，于我们的本质，它们皆太清晰、太不同。于人类，死，将不是最大之丧感，若他们皆懂得如何化之为性格或变之为享乐。但，死亡，于其之中，保持距离。死亡，保持自己，有别于他们的属性。

死亡之表现，于我们，既如同极限之状态，又如同直接之结论，此亦一证，其真实，乃双倍的，其性质，乃模棱的，其悖论，乃天生的，固有于我们死之感受之方式。我们冲向死亡，然而我们早已至彼。一旦我们将死亡归入我们的人生，就无法自制置之于我们的未来。以不可避免的结论缺席，我们释之为一毁灭现在的未来，毁灭我们的出席。如果说恐惧助我们定义我们的空间感，那么死亡为我们展开了我们临时维度的真实感，因为，无死，存于时间中，于我们，无丝毫意义，说到底，存于永恒中，亦是同样。此乃为何死亡之传统形象，虽尽一切以避之，然持久地纠缠我们，此形象，病患者负主要责任。于此问题，其某些才能，我们一致承认；一有利的偏见，指定予之"深奥"，尽管，其中多数表现出一种令人困惑的充实。于自我之周围，此无药可救者，有谁不知？

甚于任何人，病者，当以死亡验明自身；然而他力避之，且投之于外。因为，他逃避之，乃更适宜者，相较于于自身中观察之，他使一切巧计以摆脱之。其自卫之反应，使之成为一方法，甚至创立一学说。普通者，有优良之健康，则皆乐于效仿，跟从患者。只是普通者吗？神秘家，他们自己，用种种借口，修逃脱之术，行遁走之法：死亡，于他们，只是一将被超越的阻碍，只是一阻拦，分离他们和上帝，只是其有限时间中的最后一步。开始此种人生，有时他们能够——应当致谢出神，这一跳板——越过时间：瞬间之跳跃只产生一至福之"发作"。他们必须永久消失，如果他们欲达到其欲望的客体：因此他们热爱死亡，因为死亡允许他们达成目标，他们也恨死亡，因为它姗姗来迟。灵魂，据圣女大德莱的观点，唯向往其创造者，但"灵魂同时看到，它如果不死，则无法拥有其创造者；因为灵魂不可能自献于死亡，它死于死之欲望，直至如此之地步，真处于死亡之危险"。始终，欲使死亡成为一偶然，或一手段，欲复之为一过程，而非视之为一现在，始终，欲剥夺之。若种种宗教已使之为一借口或一妖魔——一宣传工具——非信徒，当还之公道，复立其种种权利。

　　每一生命，皆是其死亡之敏感。随之而来者，乃我们无法表明患者或神秘家的种种体验，也无法伪造之，虽然，我们能质疑其所得之体验的种种说明。我们所在之立场，不行任何之标准，一切皆确定，因为我们的真理与我们的感觉一致，我们的问题与我们的态度吻合。此外，欲求何等之"真理"，当每一瞬间，我们被投入一不同的死亡之体验？我们的命运，其本身，只是死亡体验的展开和阶段，此体验原始而多变，只是一秘密时间于明显时间中的翻译，于此私密时间中，我们的死法有多种设计。为了说明命运，传记者当破故态，停止关注显明的时间，停止殷勤于一个毁坏其专有之本质的存在。此同样，于一时代：知其种种制度事件不如猜测其内心感受，前者乃其征兆。大小斗争，意识形态，英雄主义，神圣野蛮，一孤独内心世界的幽灵如此之多，将命令我们。每一人，皆死于其死法，每一人，于其死期，设一些规则，置于自身：即便最天才者，不能改之，或避之。帕斯卡，波德莱尔，皆划定死亡：一者复之为我们的救赎目标，另一者归之为我们的生理恐惧。即便死亡压垮人类，于他们，于其内心，死亡仍在，丝毫不减。相反，伊丽莎白一世时代的人们，或德国浪漫主义时期的人们，皆视之为一宇宙现象，一狂欢的变化，一生机的虚无，说到底，一涉及重新锻炼自己的力量，有必要与之保持直接的联系。于法国人，重要者，非死亡本身——物质的失误，纯粹的无礼——而是我们的行为，如何面对我们的同类，是永别的计策，是我们虚荣之结石的容量，简单来说，是我们的态度；非乃自我之争论，而是他我之争论：此，乃一场演出，重要者，观察其种种细节和种种变化。法国之一切艺术皆欲掌握公开之死。圣西门，不会描写路易十四的临终，或亲王摄政的剧痛，而是其垂危的场景。皇室惯例，隆重感和奢华感，为全民族所继承，他钟爱宏大气派的布置，也担忧最后之气息吸入一些光彩。天主教为他做了些什么，宣称我们的死亡乃我们救赎的根本，主张我们的原罪将被一"优美的死亡"弥补？此乃一值得怀疑的思想，却全部适应一民族的历史本性，且昔日甚于今日，关乎于恐怖之想法，关乎于神圣之理念，关乎于"诚实人"之做派。那么，重要者乃上帝被置于一边，于旁观者前，于优雅的路人前，于尘世的忏悔者前，保住颜面；非死亡，而是仪式，于见证者前，捍卫其名誉，期待为孤独的他们临终涂油……甚至那些体面去世的浪荡子，只要他们尊重观念胜过不可救者，他们就会遵从一时代的死法，死亡，于他们，意味着抛弃孤独，是最后一次演出。法国人是所有人类之中，最了不起的临终专家。

然而，值得怀疑的是，通过强调死亡之体验的"历史之方面"，我们就能更好地理解死亡的原初之特征，因为历史，乃一非本质的存在之模式，背叛我们自己之最有效的方式，一形而上学的拒绝，大量之事件，我们以之比对唯一重要之事件。以作用于人类为目标之一切者——其中包括种种宗教——皆沾染一粗鄙的死亡之情绪。为了寻觅一真实的、更为纯粹的死亡感，众隐士藏匿于历史之否定，视之为一荒漠，他们当比于天使，因为，他们主张无视原罪，也无视坠入时间。他们的荒漠，事实上，会令人想到一被译为共存的有限时间：一不动之流动，一为空间所惑的生成。隐士，退居于彼，不是为了增加孤独，而是为了丰富缺席，为了升高自我之中的死亡之音调。

此音调，我们需要，为了听到它，置一片荒谬于内心之中……如果我们听到它，一段段和弦将穿行我们的血液，我们的血管将膨胀，我们的秘密，亦是我们的能源，将出现于我们的表面，厌恶和渴望，恐怖和狂喜将在一昏沉和光辉的庆典中混合不清。死亡的曙光破晓于我们的内心。宇宙的恐慌，地球的爆裂，上千个声音！我们皆是死亡，万物皆是死亡。死亡席卷我们，占领我们，或将我们掷入地府，或将投向天国。过去将来，完整无缺，岁月，报废不了死亡。其神化之帮凶，我们感到其太古的清凉，此时间，不似任何之他者，属于死亡，不停创造我们，不断破坏我们。只要死亡掌握我们，使我们在临终剧痛中为人铭记，我们就绝不可能允许自己有死亡的奢侈；尽管我们具有命运的科学，尽管我们是一部厄运的百科全书，但我们一无所知，因为死亡知道我们内部的一切。

我记得，如何在青春的末期，堕入悲伤阴郁，一孤独之思的臣仆，我侍奉一切使我无效的力量。我的其他思想不再吸引我：我很清楚，它们带我去哪里，它们向什么汇聚。从那一刻起，我只有一个问题，即固执于种种问题有何意义？我不再为自我而活，我留给死亡使我屈服的维度；也就是说，我不再属于我自己。我种种之恐惧，甚至我的姓名，皆为死亡所生，且取代我的目光，使我于万物中微见其王权的徽记。我发现，每一路人，皆是尸体，每一香氛，皆是腐臭，每一欢颜，最后皆是哀容。每一处，皆有未来的吊死者，皆有其临近的黑幽灵。以我之眼观之，其他人的未来不具有丝毫的神秘。是我着魔了吗？我乐于信之。从那时起，反抗什么？虚无，乃我之圣餐：我内之一切，我外之一切，皆化实体为虚魅。不负责任，背反良心，我完了，因沉溺于元素的匿名，因沉浸于共有的陶醉，我完全决定不再重返我的存在，也不再新生一混乱的文明。

无法于死亡中看到空虚之积极表达，激发创作之代理，于睡意普遍存在中回响之呼喊，我以心灵知虚无，我接受我的认识。当前仍是，我如何忽视生此宇宙之暗示？然而，我反抗我的清醒。我需要真实，不论代价。我有情绪，只是因为懦弱；然而，我想要成为一懦夫，欲强加一"灵魂"于我自己，任我自己为一即将的饥渴所折磨，欲损毁我的种种明证，不惜一切为我自己觅一世界。若不能得之，则以存在之片段，以存在于眼中或他处之任何者之幻觉自足。我将是谎言大陆的征服者。不被骗，就是死：不存在其他的选择。类似于经死亡之迂回而发现其人生者，我猛然冲向第一流的骗局，扑向能使我记起我所失之真实的一切者。

近乎非存在的日常性，存在中的大奇迹！此乃闻所未闻者，有何不可能发生，不过一例外之状态。它不受任何影响，除了我们的抵达之欲望，以武力进入之，以侵略占有之。

存在，一折叠方式，我绝望于模仿之。我将效仿其他者，模仿成功的狡猾者，模拟清醒之背叛者，我将剽窃他们的秘诀，甚至抄袭他们的希望，完全乐意于同他们一起紧握引向人生的卑鄙。"非"使我厌烦，"是"给我诱惑。耗尽了我否定之储备，可能耗尽了否定之本身，为何不走上大街，以最高之音量叫喊，我发现了一真理的入门，唯一有价值的真理？但，它是什么，我仍不知道；我只知道先于它的快乐，我只知道快乐，和疯狂，和恐惧。

乃此愚昧无知——非荒唐之恐惧——夺我之警告此世界的勇气，丧我之观察此世界恐怖的胆量，在看到我之幸福的景象时，在看到我之确定的"是"时，在看到我之绝境之"是"时……

因为我们的空虚出自我们的疯癫力量，对抗我们的恐惧和怀疑，我们只有一些确定和疯病的治法。以无理性，将我们变成源头，变成起源，变成始点，以一切之方法，增加我们的宇宙起源的瞬间。我们皆是真实的，唯有当我们放射出时间时，当颗颗的恒星起于我们的内心，我们挥霍它们的光明，照亮个个瞬间时……于是，我们见到了万物的川流不息，它们惊讶于来到存在之中，急于炫耀它们的惊奇，于光明的隐喻里。为了获得惊奇者的习惯，一切事物皆膨胀扩张。种种奇迹的世代：万物皆汇于我们，因万物皆出于我们。但我们自己，皆是真实的吗？唯有我们的意志是真实的？我们的精神能否想象如此之多的光亮和突然永恒的时间？谁在我们心里分娩了此震颤的空间和此嚎叫的赤道？

相信我们将有可能摆脱临终剧痛之偏见，废除我们最古老之明证，那是误会了我们的胡言乱语之才能。事实上，得到一些发作的恩惠后，我们重新恐慌和厌恶，重新被忧伤引诱，被尸体勾引，重新陷入存在的赤字，皆死亡之消极感的结果。我们的坠落，无论多么严重，如果我们使之变为一训练，诱惑自己重新征服疯癫妄想的种种特权，那么可能有用于我们。第一世纪的隐修士们将再度成为我们的典范。他们将教导我们，为了提升我们的精神水平，我们必须保持一永久的我我之斗争。理所当然，一教会神父称他们为"荒漠的体育家"。他们皆战士，我们很难想象其紧张之状态，其反我之顽强，其场场之战斗。有些隐修士一日念诵祷告七百次为止；祷告一次，为了计之，某些人会投一枚鹅卵石……其精神错乱的算术使我钦佩其内心中有一无匹之骄傲。此非弱点，这些着魔者反对其最宝贵之财富：其欲念。按欲念生活，他们激化其欲望，是为了反抗诱惑。其"欲望"之种种描述包含一非常的音调之暴力，刺激我们的感官，使我们感到一场寒战，此非任何其他的浪子能成功效之。"肉体"，以歌颂之，他们迂回地与之融洽。如果肉体之迷恋至如此之程度，诱惑之斗争有何等之价值！他们，皆是巨人，比希腊神话的泰坦族更狂暴、更邪恶，后者头脑简单，就算为了积蓄力量，也不可能想到自我之恐怖的益处。

我们的痛苦，是天然的，是无端的，是非常不全的，当增多之，加强之，当创造其他者、假装者。听之任之，我们的肉体将限我们于一狭窄的范围中。只要我们使之服从折磨，肉体就会增强我们的感觉，扩大我们的视野：我们的精神，皆肉体所受之痛的结果，或者说，是肉体自讨苦吃的结果。隐士皆会补救其疾病的缺点……反对世界之后，他们不得不参与我我之战。于其邻人，此乃何等之平静！我们的冷酷从何而来，不正是因为我们的本能太热心于他人吗？如果我们更多地关注我们自己，且使之成为我们的焦点，成为我们谋杀嗜好的客体，那么我们多数的不可忍皆会消失。我们永远无法估量原始的隐修者为人类化解了多少的恐怖。如果这些修士皆尚在人世，那么多少之暴行他们将不得不为之！为了其时代的至善，他们皆有施残暴于自身的想法。如果我们的德行变得温良，那么我们必须学会将我们的利爪转向我们自己，学会利用荒漠的技艺……

有人问，为何吹捧麻风这一病害，赞颂苦修文学以之满足我们的令人恶心的种种例外？我们纠缠一切。我厌恶那些修士，憎恨他们的信念，同时，我不得不赞美他们的乱语胡言，钦佩其自愿的天性，仰慕其令人不堪的粗暴。如此巨大的力量必有一秘密：亦是宗教之秘密。尽管他们皆没有被关注的价值，但一切的生存者，一切的存在之基础概念，皆具有一宗教的本质。直言不讳：宗教，乃阻挡我们毁灭自己的一切者，保护我们、防御窒息之信的一切虚。当我窃取到永恒的一部分，当我想象一包围我的永久性，我止步于我脆弱之存在的明证，停止于虚无，我欺骗其他人，也欺骗我自己。否则，我将会，我将立刻消失。尽可能长久地保持我们的虚构。但我们识破虚构，我们的谎言之资本将流失，我们的宗教之基金将破产。生存，一信仰之行为，一反真理之抗议，一无休止的祈祷……

只要他们皆赞同生存，不信者和虔诚者不分上下，因为两者皆有唯一之决定，即标记一存在。观念、学说，皆简单的假象，乃种种之任性，种种之偶然。如果你未做自杀之决定，你和他人之间就不存在任何的差异，你是众生之一，所有的，诸如此类的，大信徒之一。你愿屈尊生息吗？你正在接近神圣，你当被封圣……

此外，如果你不满你自己，你希望改变你的天性，那么你就加倍地参与一信仰之活动：你想在一个身体里活两次。此乃苦修者之向往，使死亡为一不死之死，当他们皆热衷于彻夜不眠，热衷于尖叫，热衷于其深夜的竞技时。效仿其分寸之缺席，甚至超越之，我们可能会有如此之日，我们将虐待我们的理性，和他们一样。"皆来引导我吧，凡比我更疯狂者。"我们的渴望如此说。能救我们者，唯明见之暗昧，神视之蒙蔽：将是一完美的透明，劫走住在我们内心的疯人，我们亏欠此人我们最强的疯狂和最猛的冲突。

因为每一生存方式皆背叛和扭曲人生，真实的生命担负一最大的不可共存，追求快乐和痛苦，支持两者的细微差别，拒绝一切有差别的感觉，反感一切未混合的状态。内心的枯燥源于施加定义于我们的帝国，源自我们寄语不明确者的拒绝，源于我们的先天混沌的拒绝，此混沌重生我们的疯狂，预防我们的乏味。此有益之因素，此无序之空虚，为一切学者所反对，为一切哲人所抵制。如果我们不救治之，我们将耗尽最后的储备：我们体内的死亡将失去支持和激励，将变得衰老……

完成死亡为一生命之肯定，变其深渊为一有益的虚构，反对显明使我们筋疲力尽，之后我们皆为萎靡所等候：此乃我们胆汁的复仇，我们天性的报复，常识之恶魔的雪耻，休息片刻，常识苏醒，痛斥我们的荒谬，指责我们盲目意愿的可笑。无情的幻觉，死亡的同谋，真理的毒瘾，皆成为一完全的过去，多年来，我们凝视我们的战利品，是为了从它们中取出我们的知识之原则！但我们应当学会反对之思，反对我们的种种怀疑、种种确信，反对我们的全知性格，我们应当，尤其是，为自己虚构另一死亡，一不容于我们尸体的死亡，赞同不可论证者，同意鬼魂存在之观念……

虚无，无疑是更为实用的。太艰难了，解体于存在之中！